Índice

Prefacio 9

Prólogo 11

I 13

II 21

III 33

IV 47

V 61

VI 75

VII 92

VIII 106

IX 115

X 134

XI 149

XII 172

XIII 184

XIV 208

XV 224

Epílogo 231

LA VIUDA
NEGRA

LA VIUDA NEGRA

REINA DE ARÁNZAZU

Daniel Valentino

Número de Control de la Biblioteca del Congreso de EE. UU.:   2013923587
ISBN: Tapa Dura   978-1-4633-7606-2
                     Tapa Blanda   978-1-4633-7607-9
                     Libro Electrónico   978-1-4633-7608-6

Fecha de revisión: 23/01/2014

Para realizar pedidos de este libro, contacte con:
Palibrio LLC
1663 Liberty Drive
Suite 200
Bloomington, IN 47403
Gratis desde EE. UU. al 877.407.5847
Gratis desde México al 01.800.288.2243
Gratis desde España al 900.866.949
Desde otro país al +1.812.671.9757
Fax: 01.812.355.1576
ventas@palibrio.com
522872

A Cristina M. Espinoza y Ariana Daniela.

Razón de mis nostalgias,
de mis desvelos y de mi amor profundo.

PREFACIO

El amor es el único sentimiento capaz de convertir la aridez de un desierto, en un oasis hermoso repleto de vida o una feroz tormenta en un día resplandeciente y soleado. Por amor cuántos no han tocado el cielo con las manos, y han descubierto un mundo de fantasías. Solo el amor hace que cualquier sacrificio sea insignificante, cuando de encontrar la verdadera felicidad se trata; sin embargo, si se deja el corazón al cuidado de manos equivocadas, el amor también puede llegar a ser el camino más corto hacia el dolor. Solo aquel que alguna vez amó con el alma, y entregó su vida a alguien que no correspondía, puede ratificar lo frágil que este llega a ser, aun así, a pesar de las heridas y del posible daño ocasionado, todos buscamos nuevamente enamorarnos, porque al fin y al cabo, todos sabemos amar, pero también, todos sabemos lastimar.

Daniel Valentino

PRÓLOGO

En un octubre cualquiera, cuando las hojas de los árboles caían a morir por siempre, indicando el cambio de estación, desafiando las leyes de la naturaleza, una hermosa rosa de repente empezó a crecer en medio de un extenso campo de amapolas. Su exuberante y exótica belleza enmarcada en un rojo intenso, podía observarse desde cualquier punto, incluso a leguas de distancia; generando que dicha belleza, se convirtiera en una trampa mortal, para todos los que soñaban con tener su hermosura, embelleciendo el jardín de sus vidas.

Por ser la única de su especie que crecía en medio de aquellas flores, las cuales a pesar de que también eran hermosas, contenían una esencia tóxica y peligrosa que las hacia fuertes y resistentes a cualquier embate natural, su ego estaba volviéndola igual y hasta más peligrosa que a todas las amapolas juntas; tanto que las que estaban sembradas a su alrededor, poco a poco empezaron a experimentar un cambio extraño en su apariencia; era como si el tiempo se hubiera detenido en ellas, y aunque continuaban con vida, no terminaron de crecer ni de florecer jamás. Todo porque el veneno de las espinas de una rosa que parecía completamente inofensiva, estaba infectando su interior, aniquilándolas lentamente.

Si a pesar de lo fuertes y resistentes que eran aquellas amapolas, no lograron soportar el castigo de algo que parecía inofensivo, con mayor razón, en alguien que entrega su vida por seguir una falsa ilusión, los daños pueden ser irreparables. En resumidas cuentas, las apariencias no siempre muestran lo que hay en el corazón; porque a veces lo que parece hermoso e inofensivo, contiene un alto grado de maldad y un veneno altamente letal, capaz de matar. Consuelo Flores, la protagonista de esta historia, más conocida como la viuda negra, era esa rosa hermosa, pero con espinas muy venenosas.

I

Aránzazu, noviembre de 2012. En el preciso momento en el que un viejo tocadiscos, entonó la última nota de la melodía, Acomme Amour de Richard Clayderman, repetida por trigésima vez, una estruendosa detonación accionada por el gatillo de una Kurz nueve milímetros, cuyo proyectil pulverizó la cavidad encefálica de un individuo, irrumpió abruptamente en el lecho de amor de Consuelo Flores, la causante principal de que otro más de sus amantes hubiera tomado esa fatal determinación, en aquel tranquilo amanecer de otoño.

«A veces el dolor es inevitable, pero el sufrimiento es opcional, cada quien decide si deja o no que sea parte de su vida» La puerilidad y la falta de pericia para saber distinguir entre un amor verdadero y uno de ocasión, jugaron en contra de aquel iluso que terminó creyendo ciegamente en cada una de las falacias sinceras de una experta en el arte de la seducción. Algunos días atrás, una decepción amorosa y el terrible abandono por el que estaba atravesando, obligaron a que ese don Juan desprevenido e incauto, tuviera que rentar los besos, las caricias y la piel de un amor de esquina, pero para su infortunio no se trataba de cualquier amor. Sus infinitos deseos de sentirse amando por una piel lujosa y excesivamente costosa de porcelana y el contar con los fondos suficientes para costear su capricho, lo llevaron directamente a las garras de nada más y nada menos que de Consuelo Flores, la Reina de Aránzazu, más conocida como la viuda negra, por ser cruel y despiadada con sus amantes. Una mujer con un corazón repleto de toda clase de sentimientos, excepto de amor.

«Todo aquel que enamora con palabras, tarde o temprano termina defraudando con sus hechos» Con un beso excesivamente costoso y cargado con una gran sobredosis de lujuria y rencor, Consuelo cerró el trato y a la vez selló el destino de aquel romeo inexperto, enamoradizo y soñador que ingenuamente llegó a creer que podía ser el único dueño de sus días, de su vida y de su cuerpo.

Su exuberante belleza, sus encantos, su honestidad a la hora de mentir y su extraordinario talento bajo las sábanas, fueron las cualidades que catapultaron la fama de Consuelo Flores hasta lo más alto de la cúspide, posicionándola rápidamente entre las personalidades más reconocidas y altamente cotizadas de todo Aránzazu. Su prestigio y en especial su fama, básicamente se debieron al buen uso de las primeras seis letras de su brillante reputación; un distinguidísimo reconocimiento que iba adquiriendo más fuerza con el pasar de los años, hasta llegar a convertirse en su principal carta de presentación.

Al tratarse de una Reina, deleitarse con sus encantos era un verdadero lujo para cualquier hombre, por lo que solo aquellos que tenían posibilidades de cubrir su costo y de cumplir con cada uno de sus caprichos y excentricidades, podían disfrutar de su amor, siendo correspondidos con intensas sesiones cargadas de obscenidad, placer y pasión. Pero después de satisfacer sus bajos instintos, como si fueran objetos descartables, Consuelo desechaba de su vida a cada uno de sus amores sin el menor reparo. Y como si se tratasen de acciones en Wall Street, sus besos, sus caricias y su piel ya estaban en nómina, siendo subastados al mejor postor; no sin antes dejar una huella imborrable en sus víctimas. Tal como sucede con la viuda negra en la naturaleza, que suele matar y tragarse a su amante después que este la ha poseído, Consuelo, siguiendo esa misma regla, dejaba en el torrente sanguíneo de aquellos individuos un recuerdo altamente letal y contagioso de su exuberante y malévolo amor.

«Antes de poner el corazón en manos de alguien, siempre es bueno quedarse con una copia de la llave, por si en algún momento quiere recuperarse» Cautivado por su belleza fascinante y por un amor fingido a cambio de una costosa tarifa que ofrecía Consuelo; al enamorarse perdidamente de alguien imposible y sin corazón, aquel idiota insensato hizo todo menos respetar esa regla básica del amor. Ya con su reserva monetaria casi agotada, y al no contar con más presupuesto que le permitiera seguir costeando el derecho a sentir los besos y a acariciar la piel de su amada Consuelo, y tratando de evitar sentir nuevamente dolor por otra desilusión amorosa; llenándose de plomo, aquel infeliz, cobardemente, buscó la salida más fácil a su error.

Después de un intenso derroche de amor y de pasión, Consuelo, demostrando el porqué de su reputación, por medio de su experiencia, de sus trucos y de su increíble talento para satisfacer los deseos de la carne, permitió a su amante de turno, tocar el cielo por última vez. Sin embargo como nada en la vida es gratuito y todo tiene su precio; a aquel osado y arriesgado don Juan, el encontrarse en el mismo lecho de la viuda negra y su osadía, le fueron cobradas con algo más valioso que una gran suma de dinero.

«Solo aquellos que alguna vez sufrieron por amor, pueden ratificar lo frágil que este puede llegar a ser» Sin más medios para rentar el fastuoso amor de Consuelo, aunque fuera por una noche más, y negándose a aceptar que no volvería a verla, aquel desafortunado caballero que ya había pasado por una fuerte desilusión amorosa, por creer que las heridas del corazón sanan con la llegada de otro amor, de repente se vio atrapado en un callejón sin salida.

Una vez que su frenesí y su clímax le
permitieron recuperar la noción del tiempo y del
espacio enfrentándolo a su cruda realidad; velando
los sueños de su amor eterno, ahogado en llanto,
humo y alcohol, aquel hombre moribundo como
modo de llevar a cabo un ritual de despedida;
se sentó por varias horas a esperar el amanecer,
contemplando la fascinante desnudez de una
silueta perfecta con curvas llenas de perdición
que inducirían al pecado hasta a aquellos
embusteros que dicen practicar el celibato.
Todo ello enmarcado en el cuerpo de una mujer
extremadamente hermosa que reposaba entre
sábanas rojas y negras, las cuales hacían un
contraste perfecto con su malévola belleza.

«Si el amor tuviera un manual de instrucciones
y si Cupido en el momento de flechar a dos
corazones, advirtiera de los riesgos que conlleva
enamorarse, o si mejor aún, él proveyera a todas
las parejas con un kit de primeros auxilios que
ayudara a sanar las heridas del corazón y del alma
causadas por una mala elección; ninguna persona
tendría que pasar por una situación similar a la de
aquel caballero, que a pesar de tener el corazón
y el alma completamente destrozados, seguía
creyendo firmemente en el amor; tanto, que puso
su vida en manos de una ramera»

Dominado por la ira y por el dolor, cientos
de ideas macabras empezaron a apoderarse de
su mente, la cual en ocasiones le pedían a gritos
apretar el gatillo; a tal grado que en un momento

dado, llevado por su coraje, apuntó con su arma
directamente a la hermosa cabellera azabache de
Consuelo. Pero como toda persona de honor que
prefiere sacrificarse y soportar el peso de una cruz,
que causar algún daño al ser que ama; por el amor
que sentía, aquel honorable caballero le perdonó
la vida a su bella durmiente. Literalmente el amor
de Consuelo, era de esos que matan. El inmenso
afecto que en tan poco tiempo aquel hombre llegó
a sentir por ella, sobrepasaba sus propios límites.
Al punto de tomar la dura decisión de poner fin
a su existencia antes que vivir sin su adorada
Consuelo. Aunque se trataba de un amor de
ocasión y rentado, ante su soledad, no le quedaba
otra opción.

«Las cicatrices del corazón nunca sanan, si
una vez tras otra, se abren las heridas» Un hombre
condenado a morir por el solo hecho de haberse
enamorado, creaba una de las escenas más trágicas
y conmovedoras, que sin duda habría sido motivo
de desvelo para algunos escritores y guionistas que
suelen plasmar momentos como esos en cada una
de sus producciones dramáticas.

Después de pedir perdón al cielo, por ir en
contra de su mandato, y de beber su último vaso
de vino, tratando de no causar ningún ruido
que irrumpiera los sueños de su amada; aquel
caballero se acercó cuidadosamente a su bella
durmiente y con su mirada empezó a recorrer de
extremo a extremo, de arriba a abajo y de pies a
cabeza, la fascinante silueta desnuda de su amor

eterno. Sin pasar por alto ni un solo detalle de su excitante piel, dibujó en su mente la última imagen censurada y prohibida de su gran amor, para llevársela con él a la eternidad como su recuerdo más preciado. Una vez que la imagen de su gran amor estaba segura en su memoria, con voz entre cortada y tono sutil, aquel enamorado se despidió, agradeciéndole por los días de felicidad que pasó junto a ella; luego se recostó ligeramente sobre sus pies, los empapó con sus lágrimas y los llenó de besos; en seguida llevó el arma hasta su cabeza y apretó el gatillo, en el mismo segundo en el que su melodía favorita llegaba a su final por trigésima vez. Todo ello sucedió exactamente a las 5:45 a.m. de aquel amanecer de noviembre de 2012; poniendo fin de esa manera a su vía crucis y a su trágica historia amorosa.

El cuerpo sin vida de un hombre, un cenicero a punto de reventar y algunas botellas de vino vacías y otras a la mitad, fueron las primeras imágenes que se filtraron por el sentido óptico de Consuelo, después de que aquella explosión irrumpiera abruptamente en sus sueños. Algo desorientada y confundida por los efectos de un poderoso somnífero que había ingerido la noche anterior, despertó tratando de asimilar lo sucedido y con la frialdad que la caracterizaba, furiosa con su amante por haber teñido de rojo sus pies y por haber arruinado su pedicure; Consuelo lanzando improperios provenientes de un vocabulario vagabundo, con un alto contenido de indecencia que hasta el más liberal censuraría, sin el menor respeto, arrojó al piso el cuerpo inerte de aquel Romeo incauto y enamoradizo, cuyo único pecado fue haberse atrevido a soñar con ser feliz. Con toda la tranquilidad y la serenidad del mundo se puso en pie; estrelló contra el piso aquel viejo tocadiscos, que pese al golpe no dejó de entonar la melodía favorita, de quien hacía unos minutos no paraba de llorar al escucharla. Después de quemar el último cigarro que había quedado y de beber un buen trago de vino, vistió uno de sus mejores ajuares y abandonó sus aposentos como si nada hubiese pasado. A pesar de que el pincel de la hipocresía dibujó en su rostro enlutado una tristeza mal lograda y fingida, su interior se llenaba de júbilo por lo acontecido, haciendo que otra dosis letal de veneno se alojara en su aguijón, esperando a ser incrustado en el alma de su siguiente víctima.

II

Veintiséis años atrás.

«No solo la realeza nace en palacios de cristal, también hay hermosas princesas que emergen en los arrabales y en medio de la humildad»

El 10 de octubre de 1986, exactamente a las 3:40 pm, quizá no con los súbditos y lujos de un palacio, pero sí en medio del amor y del calor de un hogar modesto y humilde, Consuelo tomó su primera bocanada de aire para convertirlo en el más agudo de los chillidos, en el momento en que un rayo de luz se insertó por primera vez en la retina de sus ojos. Todo el pueblo de Aránzazu escuchó el primer grito de vida de quien, años más tarde, sería coronada como su soberana, la Reina y señora de toda aquella pequeña región ubicada en algún rincón del planeta.

-Es una hermosa niña, sin temor a equivocarme puedo asegurar que va a ser alguien importante -dijo la matrona que asistió en el parto, mientras tomaba en sus manos el pequeño cuerpo desnudo de Consuelo, para luego entregárselo a la madre.

Ella, a su vez, con el rostro empapado de sudor y de felicidad, tomó en sus brazos orgullosa al fruto de su vientre, al tiempo que un par de lágrimas gordas y pesadas que brotaron de los ojos del progenitor, cayeron lentamente al vacío, hasta estrellarse contra el pavimento; todo provocado por la inmensa felicidad que ocasionó la llegada de la primogénita.

-La llamaremos Consuelo, ella será la cura para nuestras penas y males, será nuestra paz, nuestra razón de vivir y sobre todo, nuestra felicidad -dijo la madre sumamente emocionada, acariciando sutilmente el diminuto rostro de su pequeña.

Por su parte, el orgulloso padre, sin mostrar ninguna objeción por el nombre que acababan de elegir para su hija y sin decir ni una sola palabra, se acercó a su esposa para abrazar a la niña, creando así uno de los cuadros más conmovedores y emotivos que cualquier artista desearía inmortalizar.

Aquel 10 de octubre del 86, lejos de los palacios de Buckingham, Versalles, Aljafería, Olite, y demás, es decir lejos de toda "realeza", sin hacer ningún alarde, sin notas televisivas, sin encabezados de prensa y sin ser la portada de las más prestigiosas revistas, tal como suelen hacer los charlatanes, farsantes y usurpadores, que así mismos se hacen llamar Reyes cada vez que nace uno de sus herederos, nació Consuelo; quien a pesar de haber venido al mundo para ser Reina, llegó a la humilde morada de Alicia y Joaquín, en relativa calma y en total clandestinidad. Durante la tarde y noche de aquel 10 de octubre del 86, sin ninguna algarabía ni fiestas prolongadas, una princesa dormía en la casa de los Flores, y el pueblo de Aránzazu por primera vez, tenía Reina.

Es sabido que toda Reina necesita de un aliado y protector, por lo que un año más tarde, en circunstancias similares a las del nacimiento de Consuelo, la cigüeña visitó nuevamente a Alicia y a Joaquín para entregarles al varón que la pareja tanto anhelaba. Con la llegada de Sebastián, la familia estaba completa, pues Consuelo, ya contaba con un aliado y cómplice para sus juegos y travesuras. Gracias al buen ejemplo de los padres, la infancia de Consuelo hasta sus quince años pasó de común a brillante; ella era la niña buena de la casa y el orgullo de sus padres, siempre admirada y respetada por la gente de su vecindario y por aquellos que la conocían, era simplemente, para muchos, el ejemplo a seguir.

Vivía en la villa cuarenta y tres del vecindario La Rosa, ubicado en una de las zonas más populares y humildes de la ciudad. A parte de una inteligencia increíble, la vida también le regaló una belleza exótica y única, digna de una Reina, la cual a su tan corta edad, le bastaba para apabullar a sus contrincantes, llevándose siempre los primeros lugares en cada certamen de belleza que se realizaba tanto en la escuela como en la ciudad.

Por su alto rendimiento académico, no solo se hizo merecedora a una de las becas más codiciadas para estudiar fuera de su país, sino que además fue la imagen principal de la academia de modelos de, nada más y nada menos Laura Escudero, una mujer caza talentos y dueña de la más prestigiosa academia de modelaje de la ciudad, y una de las mejores del país. En pocas palabras, Consuelo era la envidia para el resto de las niñas que inútilmente trataban de imitarla, queriendo ser como ella, y para los cientos de muchachitos que fracasaban en su afán de enamorarla, pues era la estrella más radiante del firmamento, hermosa, pero imposible de alcanzar; convirtiéndose así en la más mágica fantasía y en el sueño inalcanzable de todos los galanes que soñaban con tener su amor.

Por su parte Sebastián, contrario a Consuelo, era la oveja negra de la familia, pues con solo catorce años de edad, ya arrastraba un historial de malas acciones; a tal punto que debido a su temperamento y autoritarismo, fue expulsado de por vida de todos los centros educativos de la ciudad, lo cual a él no le hacía ni bien ni mal. Los buenos ejemplos y consejos de sus padres, se los pasaba por donde no le llegaba el sol, y lamentablemente, el médico prominente, el abogado respetable o el prestigioso arquitecto que sus padres veían en él, se había convertido, simplemente en la espina que hincaba insaciablemente la frente de Joaquín, su padre, quien constantemente tenía que ayudarlo a salir de los problemas en los que se enredaba; convirtiendo

cruel y despiadadamente la paz, la tranquilidad y
los sueños placenteros de su madre, en noches de
interminables pesadillas, ante la incertidumbre de
no saber dónde andaba o qué le sucedía a su amado
pequeño.

En varios intentos de encaminarlo por la ruta
correcta, Joaquín propuso a Sebastián trabajar
con él en la tienda de artesanías que el mismo
fabricaba, las cuales eran el principal sustento de
la casa. Lo hacía con el único fin de que su hijo
aprendiera el oficio, para extender el negocio
abriendo una nueva tienda en otro lugar de la
ciudad; sin embargo Joaquín ignoraba, que
Sebastián tenía planes completamente distintos;
pues en su mente maduraban ambiciones más
grandes. Al igual que su hermana, también
Sebastián era respetado en todo el vecindario,
incluso fuera de él, pero no precisamente por ser
un niño bueno, sino por ser el líder de una ganga
muy temida en la zona.

Pocos años después de que nacieron Consuelo y
Sebastián, Alicia contrajo una terrible enfermedad
que le impedía trabajar fuera de casa, obligando a
que Joaquín fuera el único que ingresara recursos
al hogar; sin embargo su convicción y sus ganas
de ayudar eran más fuertes que la enfermedad, y
a pesar de su deteriorada salud, era la encargada
de velar por la casa y de dar el toque final a las
artesanías que fabricaba su esposo. Cada una de
dichas artesanías, era para ella, un lienzo en el que
podía plasmar sus sentimientos, sus emociones

y su fe hacia lo invisible; razón por la cual eran muy apetecidas por turistas locales y extranjeros, quienes no regateaban su precio.

«Como toda moneda tiene dos caras, al otro lado de la ciudad y cruzando la frágil línea de las clases sociales, dejando atrás los burros de carga y los charcos de agua, para hablar de los autos lujosos y caminos asfaltados con guardias de seguridad, están las calles que huelen a arrogancia combinada con perfumes caros, allí donde la inmundicia se conoce como glamur y donde los pecados no son pecados dependiendo del apellido y del dinero que tengan»

Muy cómodos y lejos del resto de la gente o mejor dicho lejos de la chusma, adjetivo con el que ellos solían referirse a las personas que no pertenecían a su estatus social, en una de las salas VIP del aeropuerto internacional de la ciudad, se encontraban Miguel Ángel y Laura Escudero, acompañados por su hija menor Montserrat, a quien por cariño llamaban Montse. En medio de la comodidad y de algunas excentricidades, los tres aguardaban con ansias el arribo de un jet privado proveniente de Francia, el cual traía de vuelta a Sara su hija mayor, quien después de permanecer dos años y un poco más en el viejo continente, cansada de extrañar a su familia y a su tierra, decidía regresar para estar con ellos y culminar los estudios en su país.

Al tratarse de una familia acaudalada y poderosa, la excesiva seguridad en parte del aeropuerto no pasó desapercibida; a escasos metros de la familia se encontraban sus guardaespaldas y el equipo de seguridad, velando sigilosamente por la integridad de cada uno de los Escudero, cerciorándose una y otra vez de que todo marchara de acuerdo al libreto, es decir, tal y como se había previsto.

Miguel Ángel Escudero era un banquero reconocido, no solamente en la ciudad sino además en el país entero; meses atrás había iniciado su carrera política lanzando su candidatura para ocupar la alcaldía de la ciudad, cargo al que semanas después llegaría sin ningún inconveniente, pese a no tener el total apoyo del electorado. ¿Cómo lo hizo? La respuesta quedó bien guardada, a manera de secreto entre él y su equipo de trabajo. Además de banquero y político, también se encargaba de que Europa y Estados Unidos fueran adornados con la más hermosa de las orquídeas que producía su país, la cual por su calidad y belleza se consideraba la mejor flor del mundo, y era él, precisamente, su principal exportador.

Lura María De Escudero, además de ser la esposa de uno de los hombres más influyentes y acaudalados de la región, era también la dueña y administradora de la más prestigiosa academia de modelaje de la ciudad y una de las mejores del país. De su academia salían las modelos más reconocidas, aquellas que salían en las portadas de las revistas famosas, y que hacían parte de importantes pasarelas nacionales e internacionales.

A varias de ellas, Laura les ayudó a hacer realidad sus sueños, posicionándolas en pasarelas internacionales como las de: Milán, Paris y New York, ciudades, en las cuales, por ser conocidas como pioneras e iconos de la moda, desfilar era una ilusión para aquellas niñas que soñaban con ser modelo.

Laura Escudero, como la conocían todos los de su círculo social, era una caza talentos, toda niña hermosa con dotes artísticos era una verdadera mina de oro para ella. La entrenaba, la preparaba y a su vez la representaba, adquiriendo con ello jugosos contratos, los cuales significaban grandes ganancias para la empresa, al tiempo que hacían que el nombre de la academia estuviera cada vez más en lo alto, es decir en boca de todos los medios. Había un detalle en particular que mucha gente no lograba entender. ¿Por qué todas las jovencitas que estudiaban en la academia de Laura, provenían de familias de escasos recursos económicos? ¿Sería acaso que al ser una mujer adinerada y pudiente, quería, de cierto modo, ayudar a las familias? Con el paso del tiempo irían saliendo a flote las verdaderas intenciones de aquella distinguida dama.

El estatus social y el poder económico de sus padres, hicieron de Montse una niña rebelde, frívola y manipuladora capaz de hacer lo que fuera con tal de salirse con la suya para cumplir sus caprichos. El ego y la arrogancia de pertenecer a una de las más altas esferas sociales, poco a poco

la estaba induciendo en un mundo materialista lleno
de soberbia y de codicia, defectos que ella sabía
ocultar muy bien debajo de su disfraz de niña buena
y amorosa. A sus catorce años cruzaba el noveno
grado en uno de los centros educativos privados
más prestigiosos y reconocidos del país, el cual por
ser reconocido debido a su alto nivel académico,
costaba una verdadera fortuna. Por dicha razón,
únicamente los hijos de quienes el dinero puso
valor a sus apellidos, eran los privilegiados para
estudiar en tan magno establecimiento.

Pese a ser fruto del mismo vientre y de
compartir el mismo ADN, Sara era la cara opuesta
de su hermana, pues ni el estatus social y ni la
posición económica de su familia pudieron con
su humildad, honestidad y su convicción de hacer
lo correcto para servir a los demás; virtudes que
hacían de ella una niña especial y diferente. Sin
embargo, esas mismas virtudes, fueron la causa
de grandes riñas con los demás miembros de su
familia, por el simple hecho de no pensar igual
que ellos y por tener una perspectiva diferente
de la vida. Poco después de cumplir quince años,
se marchó a estudiar a Europa, donde no solo
obtuvo un título en psicología infantil, sino que
además hizo realidad su sueño de estudiar ballet
y artes contemporáneas, sus verdaderas pasiones.
Comprometida con las labores sociales, Sara
regresó de Europa con ganas de trabajar, trayendo
en su mente un proyecto ambicioso, en pro de
servir a los más necesitados.

La familia Escudero, vivía en la mansión cuatrocientos uno de la urbanización El Paraíso, ubicada en la zona más lujosa de la ciudad; allí donde los perros almuerzan caviar y duermen su siesta en medio de finas mantas de lino. A simple vista era una familia normal con lujos y excentricidades como cualquier otra de su misma posición social; sin embargo los diferenciaba del resto, su obsesión por tener poder para estar siempre por encima de los demás. Mientras ellos planificaban sus próximas vacaciones y elaboraban la lista de invitados para su siguiente fiesta, la familia de Consuelo, al igual que el resto de personas de su misma condición social, luchaban día a día por sobrevivir en un mundo absurdo, en el que los perros se devoran a los perros, en el que el fuerte quiere ser más fuerte aprovechándose de los necesitados y débiles, en el que el maldito dinero nos dividió en clases sociales, aunque todos somos iguales. Entonces me pregunto yo: ¿Si somos resultado de una misma creación, por qué carajo no somos capaces de vivir en armonía y dejamos de tragarnos entre nosotros mismos?

Miami, once y cuarenta de la noche; un barco carguero proveniente de Panamá arribó a las costas a la fecha y hora indicadas, cumpliendo satisfactoriamente la bitácora de viaje establecida. Minutos más tarde una llamada a la mansión de los Escudero, confirmó a Miguel Ángel que sus orquídeas estaban en suelo norteamericano, esperando órdenes para ser distribuidas en las principales ciudades del territorio anglo; ciudades en las que su producto tenía gran demanda.

La orden de Miguel Ángel básicamente fue la misma de siempre, sus orquídeas debían ser distribuidas en: New York, Chicago y Los Ángeles, mientras que el resto del cargamento debía ser entregado a sus clientes en Miami. Horas más tarde otra llamada, pero esta proveniente del otro lado del mundo, confirmaba igualmente el arribo de otro carguero, pero a costas españolas, el cual había zarpado días antes desde Panamá; por medio de ella, también solicitaban órdenes del empresario para distribuir las orquídeas en algunos países del viejo continente.

Parecían chiquillos celebrando una fiesta de cumpleaños, al confirmar el arribo de los cargueros a las costas norteamericanas y europeas; pese a que se trataba de viajes de rutina, era como si hubiesen dado el golpe de sus vidas. Los socios de Miguel Ángel pusieron el grito en el cielo, celebrando por todo lo alto. ¡Era de esperarse! Una vez más el viaje fue todo un éxito, y el aroma exquisito de cada una de sus orquídeas ya estaba siendo absorbido por los conocedores y amantes de tan exótico producto, lo cual representaba millonarias ganancias para la organización.

Dados los acontecimientos del día, quien tenía razones de sobra para celebrar era Miguel Ángel, sin embargo este se encontraba relajado y tranquilo acompañado por su familia. Su carrera política no podía estar mejor, para ser su primera vez, avanzaba como viento en popa. Las encuestas indicaban que estaba a solo algunos puntos de su más acérrimo rival, el izquierdista Juan Emilio Vaqueiro, un joven economista y catedrático de la universidad más importante de la ciudad. Quien promoviendo un movimiento de cambio en contra de la oligarquía y de los corruptos de siempre, fue aceptado rápidamente por el público como uno de los más indicados y como el favorito para ganar la contienda electoral. Cada uno de sus discursos contenía matices izquierdistas y socialistas con los cuales se ganó a gran parte del electorado; en su mayoría jóvenes que se identificaban con su movimiento, pero sobre todo con su idealismo. Por su parte Miguel Ángel no se quedaba atrás, pues también tenía su propia estrategia y un as bajo la manga para cuando llegara el momento. La contienda estaba reñida y la suerte echada para cualquiera de las dos partes.

III

«En cada uno de los buenos momentos, tienen que aparecer las malas noticias para aguar la fiesta. Lo que a un lado de la ciudad fue celebración y alegría, al otro lado fue tragedia y dolor»

Vecindario La Rosa, 5:45 de la mañana; varios casquillos de un grueso calibre esparcidos por doquier, reflejaron los primeros rayos de luz, provenientes de un sol radiante que se asomaba imponente por el horizonte, dando inicio a un nuevo día, día que llegaba cargado de múltiples emociones. Cristales vueltos nada y varias esquirlas de plomo incrustadas en las paredes y en las cabezas de tres individuos, fueron el saldo fatal de una balacera perpetuada la noche anterior. Varios proyectiles que fueron disparados a quemar ropa, impactaron en la humanidad de uno de los mejores amigos de Sebastián, una víctima más de la estúpida guerra entre las pandillas que recurren a la violencia para obtener supremacía y controlar cada centímetro de su territorio.

Suelen decir que la sorpresa es el mejor ataque en una guerra; a Matías o más bien al gato, como solían llamarlo sus amigos, no le valió de nada ser astuto y escurridizo, y mucho menos le sirvió para escapar de sus verdugos, quienes salieron de la nada para arrebatarle la última vida que le quedaba, ya que anteriormente, en varias ocasiones se burló de la muerte, librándose milagrosamente de ella, y llegando a convencerse, erróneamente, de que era inmortal.

«En medio de la violencia y de las balas, también afloran los sentimientos y la hermandad, pero sobre todo la lealtad» Diez minutos más tarde, el grito de lamento de un hombre que juraba venganza, propagó la noticia de aquella terrible tragedia por todo el vecindario, que en segundos se aglomeró en el lugar de la tragedia. El hombre que gritaba llorando desconsolado con su amigo en brazos, era Sebastián, quien salió a recibir la mañana con tres bajas importantes para su pandilla, entre ellas, la de su mejor amigo.

Matías y Sebastián eran amigos desde la infancia, lo cual forjó un fuerte lazo de amistad entre ellos. Arrodillado junto al cuerpo ya sin vida de su amigo, Sebastián juró mover cielo y tierra hasta dar con los culpables para vengar su muerte. Los rumores sobre quién estaba detrás de aquella matanza, empezaron a sonar cada vez más fuerte entre los miembros de la pandilla, quienes ya se preparaban para una inminente guerra contra los miembros de la pandilla del vecindario La Estrella, liderada por un criminal sanguinario apodado el Conde, quien a su vez era uno de los colaboradores más cercanos del Camaleón; un bandido poderoso de traje y corbata que se valía de su poder económico y social para cometer fechorías, y quien además fue el autor intelectual de la matanza perpetuada en el vecindario La Rosa, matanza que acabó con la vida de tres personas, incluyendo la del mejor amigo de Sebastián.

El mundo giraba y giraba y con ello una sucesión de eventos fueron presentándose a medida que avanzaba el día. Mientras Sebastián preparaba el funeral para dar el último adiós a sus amigos, en otro lugar de la ciudad, cuatro niñas estaban a punto de hacer un viaje que les cambiaría la vida.

Seis y treinta de la mañana, el sonido de una vieja alarma de reloj y un calendario en la pared, recordaban a Pamela y a María Paula de quince años, a Gabriela de catorce y a Rafaela de dieciséis, que el día que estaban esperando, había llegado. Con sus caritas llenas de emoción tratando de ocultar la profunda tristeza que las embargaba, cada una se despedía de su familia respectivamente; sin tener ni idea de hacia dónde iban, ni de qué les esperaba, prometiendo a su familia que algún día regresarían convertidas en profesionales. Las cuatro niñas iban camino al aeropuerto, llevando en su equipaje sus sueños, sus ganas de triunfar, pero sobre todo, llevando con ellas lo más vulnerable y sagrado, su inocencia e ingenuidad. Ese era el precio que debían pagar por atreverse a soñar más de la cuenta.

Minutos antes, uno de los choferes de Laura Escudero había pasado a recogerlas, ya que eran las cuatro afortunadas ganadoras de unas becas que les permitiría continuar con sus estudios de modelaje en algunas de las academias internacionales más prestigiosas del mundo. Dicha beca consistía en: estadía, capacitación y un contrato que les permitía trabajar mientras se preparaban como modelos. Dicho incentivo era razón suficiente para que todas las niñas de la academia se esmeraran tratando de obtener tan codiciado trofeo. Cada mes Laura premiaba con una beca a tres o cuatro niñas para que continuaran con sus estudios en el extranjero. Pero no se la ganaba cualquiera, Laura era muy selectiva en ello; pues además de ser extremadamente hermosa, la afortunada o las afortunadas, debían ser talentosas, tener buena estatura y no ser mayores de diecisiete años, para cumplir con las exigencias de sus colegas en el extranjero, quienes cubrían los gastos de los viajes.

Una vez en el aeropuerto, cada una de las niñas pasó a recibir los pasajes y sus respectivos documentos de viaje de las manos de Laura, quien se encontraba allí desde temprano ultimando detalles para asegurarse de que el viaje no tuviera ningún contratiempo. Después de entregar los pasajes y sus respectivos documentos de viaje, Laura procedió a dar las últimas indicaciones y a revelar el lugar de destino a donde iría cada una de las niñas. Pamela y María Paula fueron enviadas a Hong Kong (China), Gabriela y Rafaela a Tokio (Japón). Destinos un poco raros e inusuales para estudiar modelaje, pues aquellas ciudades no se caracterizaban precisamente por ser casas de la moda. Pero Laura estaba al frente y no había razón para preocuparse, ella sabía bien lo que hacía. A pesar de que su interior las pedía a gritos que no abordaran ese avión, el poder de convencimiento de Laura, quien dibujó un mundo de fantasía en sus inocentes e ingenuas cabezas, fue suficiente para que las niñas hicieran caso omiso de la advertencia que les hacía su sexto sentido. Desde ese momento la suerte de los cuatro angelitos estaba en manos de quien las niñas veían como su hada madrina.

Con un abrazo hipócrita y fingido como despedida, y con una llamada para confirmar a sus colegas en el extranjero que las niñas ya estaban en camino, Laura sentenció el destino de cuatro inocentes, cuyo único pecado fue depositar su confianza en ella, atreviéndose a soñar con un futuro mejor para sí mismas y para sus familias. Mientras aquellos cuatro angelitos volaban hacia un futuro incierto, Laura salía del aeropuerto sumando varios dígitos a su cuenta bancaria, y en su mente ya planificaba el siguiente viaje. Si no fuera porque Laura María de Escudero estaba al frente y era quien coordinaba los viajes, el agente de la policía, Cristian Miranda, quien investigaba la trata de blancas, habría pensado que la mujer acababa de hacer algo ilegal. Sin embargo, ni contaba con pruebas para incriminarla, ni ponía en tela de juicio el honor y el prestigio de una dama tan distinguida y esposa de uno de los hombres más influyentes del país.

Sin importar su condición social o económica, para el agente Miranda que no se intimidaba ante nada ni nadie, todo el mundo era sospechoso hasta que no demostrara lo contrario. Es decir para él, un delito era un delito sin importar si era cometido por un pobre diablo de piel oscura o por alguien con corona y de sangre azul. En un mundo donde la tiranía, la injusticia y la impunidad llevaban la batuta, personas buenas y honestas como el agente Miranda, eran una plaga y apestaban. Por esa razón, varios ampones que no encontraban la manera de extorsionarlo, cobarde y vilmente pusieron un alto precio a su cabeza.

"Para que las cosas salgan bien, hay que hacerlas uno mismo" y "Al dinero no hay que dejarlo descansar" Esas eran las dos frases con las que Miguel Ángel y Laura Escudero se identificaban. Nadie conocía mejor el significado de aquellas palabras, que los dos. Para muestra un botón, todo lo que tocaban lo convertían en oro y mientras que la recesión mundial y la crisis financiera por la que atravesaba el país, tenía a más de uno al borde del abismo, como si fuese un frondoso y saludable árbol de mostaza que surge de entre la maleza, mostrándose fuerte y resistente

ante cualquier inclemencia, los negocios de los
Escudero cada vez se volvían más prósperos;
tanto que varias personas querían saber cuál era la
fórmula y el secreto de su éxito.

Debido a la excelente calidad de su producto,
el cual adquirió fama mundial, las exportaciones
de Miguel Ángel alcanzaban su punto más alto de
aceptación, a tal grado, que casi a diario firmaba
jugosos contratos para exportar orquídeas hacia
nuevos mercados. Así mismo un sin número
de hipotecas incautadas a cientos de morosos
que se olvidaron de pagarlas o simplemente no
sabían cómo hacerlo, inyectaron una gran reserva
monetaria a su entidad financiera, convirtiéndola
en la más confiable y solvente del país. De
su carrera política ni hablar, su capricho de
convertirse en un diplomático de renombre, gracias
a sus asesores y a su equipo de trabajo, estaba a
punto de convertirse en realidad.

Está comprobado que detrás de un hombre
exitoso, hay también una mujer exitosa, Laura
no tenía nada que envidiarle a su esposo, su
academia de modelos, sin mayor publicad y en
poco tiempo, había adquirido un enorme prestigio,
convirtiéndose en la preferida de importantes
firmas comerciales y de moda que requerían de
su servicio. Era tal el prestigio de su academia,
que a cargo de Laura, estaba la realización de
varias campañas publicitarias, así como también
la organización de importantes eventos de moda
que solían realizarse en el país. Con semejante

currículo, estudiar en la academia de Laura
Escudero, era el mayor reto para cientos de
chiquillas que soñaban con pasarelas, portadas
de revistas y todas esas cosas; sin embargo, solo
aquellas que cumplían con los estándares y con el
prototipo establecido por Laura, y principalmente
por sus socios internacionales, estaban a un paso
de hacer sus sueños realidad.

«Así como hay quienes malgastan su tiempo
y dinero edificando imperios, pensando que
serán eternos, la sensibilidad y generosidad de
otros definitivamente no tiene límites. Sus ganas
de ayudar y de servir a los demás para hacer del
mundo un mejor hogar, son tan grandes que los
hace olvidar de donde vienen y a que estatus social
pertenecen» Sara, la hija mayor de los Escudero
era una de esas personas.

Consciente y sin olvidar el compromiso por
el cual decidió regresar de Europa, brillando por
su ausencia a los diferentes cocteles y fiestas
de bienvenida que su familia y amigos habían
organizado en su honor, en compañía de Luciana
una de las muchachas de servicio con quien
empezaba a forjar una buena amistad, decidió
salir a recorrer la ciudad, pero no precisamente
para hacer turismo, sino para visitar varios
centros comunitarios y sociales en los que quería
ofrecerse como voluntaria. La idea de que Sara se
involucrara con personas que estaban por debajo
de su nivel social y económico, no les agradaba
para nada a sus padres. Sus estúpidos prejuicios

de creer que su dinero les cambió la composición
y el color de su sangre, hacían que se irritaran
enormemente, llevándolos a pensar que Sara era
la piedra en sus zapatos. Por su convicción de
ayudar y de servir a los demás, Sara, para el resto
de las personas de su mismo entorno social, era
simplemente el yerbatero de un pueblo en medio
de una convención de científicos de renombre, o
Rosa Flores sentada a la mesa de los Silverman. Es
decir, Sara para ellos no era digna de pertenecer a
su círculo social; pero eso a ella no le importaba
en lo más mínimo, pues contrario a su familia que
insistía en las riquezas terrenales y pasajeras, ella
con cada una de sus buenas acciones, fortalecía
su riqueza espiritual; único medio por el cual
podemos llegar a disfrutar de las cosas buenas
que nos tiene preparado el universo para cuando
hayamos cumplido nuestro ciclo terrenal.

Montse, por su parte, era igual de egoísta,
arrogante y ambiciosa que sus padres y por tal
razón compaginaba muy bien con ellos; sabía bien
como sacar provecho del dinero, estaba en el grupo
de los que disfrutan ahora y pagan después, pero
ignoraba que la vida estaba preparando una buena
sorpresa para todos.

Vecindario La Rosa, 12:30 pm, dos días
después de la muerte de Matías, alias el gato.
Bajo un calor abrazador de medio día, entre
cánticos y un mar de lágrimas que el sol evaporaba
instantáneamente, absorbiendo de cierta forma
el dolor que causa la partida de un ser amado,

Sebastián, junto a los miembros de su pandilla y
de una gran cantidad de personas de su vecindario,
que decidieron acompañarlo en el dolor, iba
camino hacia el lugar que sería la última morada
de tres de sus amigos. Enmarañados en mitad
de una gran cantidad de trajes negros, iban los
féretros de los tres aliados de Sebastián, víctimas
de una guerra estúpida que lo único que hace
es acelerar nuestra propia extinción. Junto a los
féretros, destrozada y ahogada en llanto como si
fuera una Magdalena, se encontraba Renata, más
conocida en el bajo mundo como **la pantera**, por
ser hermosa pero a la vez letal y despiadada con
sus víctimas. Cumpliendo órdenes del Conde,
Renata llegó al vecindario La Rosa con una misión
específica, vigilar de cerca a Sebastián y a cada
uno de los miembros de su pandilla, con el fin de
prevenir cualquier ataque sorpresa, para lo cual ya
contaban con un plan bien elaborado. Al tratarse
de una mujer encantadora, carismática, dulce y
tierna, cualidades especiales que formaban parte
de su brillante actuación, Sebastián al igual que los
suyos, nunca sospecharía que su enemigo respiraba
en su espalda.

Arriesgándose a ser asesinada si llegasen a
descubrirla, el Conde, sacando provecho de cada
uno de los encantos de Renata, la escogió como
la más idónea para llevar a cabo dicha misión,
enviándola al seno mismo del enemigo. Pero lo
que el Conde ignoraba era que al enviar a Renata
al vecindario La Rosa, estaba sentenciando su

propio destino, pues días más tarde aquel cazador despiadado, se convirtió en víctima de sus propios errores.

Renata, cumpliendo al pie de la letra con lo planeado, tratando de apaciguar los ánimos de los presentes que empezaban a cuestionar su presencia, pero sobre todo, tratando de evitar que su cuerpo quedara sepultado junto al de sus enemigos, minutos antes de introducir en la fosa el féretro que contenía el cuerpo de Matías, alias el gato, hizo su entrada triunfal. Fingiendo estar destrozada, ahogada en llanto y dando gritos de dolor, lentamente se dejó caer recostándose sobre el féretro de Matías y abrazándolo fuerte, mientras miraba hacia el cielo, exclamó:

-¡Mi Dios, no puede ser! ¿Por qué a él? Hubiera preferido que me llevaras a mí y no a mi hermanito -Con su magistral actuación terminó de convencer a los presentes, en especial a Sebastián, quien era el blanco principal. Este conmovido por su actuación y cien por ciento convencido de que Renata era la hermana de su mejor amigo, y de quien tanto él solía hablar, la tomó en sus brazos para consolarla, al tiempo que le aseguró que vengaría la muerte de su hermano.

Hasta ese punto el plan salió a las mil maravillas, el primer paso ya estaba consumado, solo era cuestión de tiempo para llevar a cabo la segunda parte, la cual consistía en enamorar a Sebastián y convencerlo de trabajar para el Camaleón. Pero Renata, alias la pantera, no esperaba que la magia de Cupido hiciera efecto en ella. Aquella fiera indomable y salvaje con corazón de piedra, de repente se vio atrapada entre la espada y la pared al ser traicionada por sus sentimientos, dando con ello un giro inesperado a los planes del Conde liderados a su vez por el Camaleón.

El hombre sin rostro, más conocido en el mundo delincuencial y del hampa como el Camaleón, era un malhechor sumamente astuto y sagaz, las fechorías, delitos y crímenes más atroces, eran vinculados a este personaje, quien valiéndose de su poder económico y social pasaba inadvertido ante las autoridades que lo veían como a un ciudadano ejemplar. Al tratarse de un pillo bastante listo, se preocupaba siempre hasta por el más mínimo detalle, cuidándose de no dejar rastro. Sus fechorías las llevaba a cabo por medio de intermediarios que preferían sacrificar su vida antes que delatarlo, dificultando con ello que las autoridades dieran con su paradero. Los pocos indicios de su existencia no eran suficientes, por lo que resultaba una ardua tarea dar con él.

Además de ser requerido por la justicia norteamericana por introducir grandes cantidades de estupefacientes a Estados Unidos y a Europa, también era buscado por las autoridades de su país que lo acusaban de delitos como: extorción, narcotráfico, asesinato y por adueñarse indebidamente de varias zonas marginales de la ciudad. Haciendo uso de sus influencias, él y sus socios sin ningún remordimiento, desalojaron de sus viviendas a cientos de familias humildes, para construir en su lugar la ciudad de la nueva era, como ellos la llamaban. Que no era más que una gran cantidad de complejos de apartamentos lujosos, centros comerciales y de entretenimiento, los cuales eran subastados por grandes sumas de dinero, generando con ello millonarias ganancias para la organización. En su afán por obtener más poder, todo aquel que se interpusiera en su camino, era eliminado sin el menor reparo por un delincuente sin escrúpulos a quien no le temblaba la mano a la hora de apretar el gatillo.

El Camaleón era también el autor intelectual de todo lo ocurrido en el vecindario La Rosa. Sintiéndose poderoso e invencible, como si fuese un rompecabezas, paso a paso fue armando cada uno de los eventos ocurridos en dicho vecindario, desde la muerte de Matías, hasta la llegada de Renata su supuesta hermana. Adelantándose a cualquier circunstancia, para evitar futuros contratiempos, de una manera que solo él y sus matones conocían, logró dar con Juliana, la verdadera hermana de Matías, quien nada tenía que ver, pero que se convirtió en otra víctima de aquel delincuente asesino, que no tenía el más mínimo respeto por la vida humana.

En aquella ocasión, ni Juliana ni Matías corrieron con la misma suerte de años atrás, cuando se salvaron de ser asesinados por dos delincuentes encapuchados que irrumpieron en su casa para acribillar a sus padres a sangre fría, cuando ellos eran apenas unos niños. Mientras todas las almas que abruptamente fueron separadas de sus familias, clamaban por justicia, el demonio hacía de las suyas encarnado en un hombre a quien todos veían como intachable y ejemplar, sin que nadie tuviera el coraje necesario para enredarlo en sus cadenas y enviarlo nuevamente al infierno.

Por su temple, su coraje, su liderazgo y por todo lo que Sebastián representaba en el vecindario La Rosa y en ese lado de la ciudad, era ilógico que no llamara la atención del Camaleón, que buscaba tenerlo en sus filas a como diera lugar, y debido a los planes maliciosos que tenía dicho criminal para Sebastián, mantenerlo con vida era la mejor opción, así que Renata sería la encargada de llevarlo a sus redes.

IV

Diez de octubre de 2001, el calendario marcaba una fecha memorable, especial e importante en la vida de Consuelo. En cualquier otro palacio un acontecimiento de esa magnitud, sin duda habría sido motivo de gran revuelo y la excusa perfecta para derrochar los recursos de los contribuyentes que tienen que sudar más de la cuenta, para que un grupo de vagos, charlatanes y usurpadores que se hacen llamar "Reyes", permanezcan en sus camas engordando como cerdos sin hacer ningún esfuerzo. Pero lejos de toda esa vagabundería, donde las cosas simples son más valiosas que una falsa corona, donde el sol que no distingue raza, color ni credo nos brinda incondicionalmente su elemento de vida a todos por igual, sin importar si se es pobre o rico, blanco o negro, si se es un simple vagabundo o si se pertenece a la "realeza"; radiante y majestuoso como siempre, se posó el astro rey sobre Aránzazu aquella mañana de otoño, pero esa vez brillaba con un matiz especial.

A diferencia de las fiestas "reales" y de los eventos protocolarios que suelen organizarse para otras "princesas", una simple canción de cumpleaños interpretada por una estruendosa y a la vez armoniosa voz de un tenor desconocido, acompañada por el fresco aroma de algunos girasoles, despertaron los sentidos de Consuelo, aquella mañana tan especial e importante para ella. La residencia de los Flores amanecía de fiesta, la niña consentida de Alicia y Joaquín cumplía nada más y nada menos que sus primeros quince años de vida, quince años que marcaron una huella imborrable en sus padres y amigos, quince años caracterizados por una conducta intachable y brillante, cualidades que hacían de Consuelo un ser humano excepcional.

Pero como todo lo que brilla no siempre es lo mejor, debido a su popularidad, la cual se elevaba día a día como espuma, aquella niña humilde que solía ser el orgullo de sus padres y el ejemplo a seguir por muchos, de repente estaba siendo dominada por su ego al sentirse superior a los demás. En cierto modo su comportamiento era justificado, ella nació para ser Reina y por sus venas corría sangre de "nobleza", la cual poco a poco afloraba su verdadera personalidad. No sé si por casualidad o porque ya estaba establecido que tenía que pasar así, Laura por medio de su academia, terminó siendo el hada madrina que necesitaba Consuelo, el hada que convirtió a una simple cenicienta en una verdadera princesa, quien años más tarde, se coronaría como la Reina de Aránzazu.

Estrechar la mano de Miguel Ángel cuando llegó con su partido a hacer campaña en el vecindario La Rosa, fue la mejor idea que pudo tener Consuelo; sus encantos de niña buena contrastados con ternura y con algo de malicia, rápidamente despertaron el morbo de aquellos honorables y respetados visitantes, que no dejaban de murmurar ni un solo instante sobre ella, cautivados por su exquisita belleza. Pero no solo los delegados del partido de Miguel Ángel fueron hechizados por los encantos de Consuelo, a Laura, quien se encontraba acompañando a su esposo en aquella ocasión, se le aceleró el corazón más de la cuenta, al ver a Consuelo, e inexplicablemente su piel se erizó como si estuviera llegando al punto más alto de un clímax, haciendo que una gran descarga recorriera todo su cuerpo y despertando con ello miles de mariposas que revoloteaban en su estómago. Tratando de disimular aquella extraña reacción, con un tono agitado y con palabras entre cortadas por su respiración algo acelerada, Laura invitó a Consuelo a subir al vehículo para proponerle que fuera parte de su academia.

Si naciones enteras, Reyes y hasta hombres poderosos y fuertes han sucumbido alguna vez ante la belleza y los encantos de una mujer, con mayor razón una simple mortal como Laura Escudero, que pese a ser sumamente dominante y de un temperamento fuerte, ante la presencia

de Consuelo mostró una reacción completamente
opuesta a la que estaba acostumbrada presentar
cuando trataba con personas que no pertenecían a
su estatus social.

¿Por qué una fiera como Laura Escudero se
volvió sumisa ante la belleza de Consuelo? Sencillo,
porque Consuelo sin saberlo, provocó una tempestad
tal en Laura, que empapó hasta lo más íntimo de su
piel. Un secreto con el cual Laura venía batallando
desde que tenía uso de razón, un secreto especial
pero a la vez criticado y rechazado por la sociedad.
Por medio de Consuelo aquel día, la vida colocó
un espejo frente a Laura para que aprendiera a
mirar primero sus defectos y sus propios errores,
antes de criticar y de juzgar los errores y defectos
ajenos. Aquel otoño de 2001, simultáneamente
ocurrieron dos eventos importantes que cambiaron
para siempre la vida de Consuelo, su cumpleaños
número quince y su renacimiento.

Como una oruga que se convierte en una
hermosa mariposa por medio de la metamorfosis,
así mismo Consuelo repentinamente dejó salir su
otra personalidad, convirtiéndose en una mujer
completamente diferente a la que todos estaban
acostumbrados a ver. La niña buena de modales
inigualables, de repente salió de su cascaron para
adentrarse al mundo real, convertida en una mujer
vacía de sentimientos, ambiciosa, egoísta, cruel y
despiadada, características de una Reina. Aquel
diez de octubre de 2001, fue solo el inicio de un
largo reinado que conmocionó a todo Aránzazu.

Influenciada en gran parte por su nuevo entorno, y en especial por Laura Escudero, quien poco a poco empezaba a tomar control sobre su vida, Consuelo sin dar explicación alguna, decidió abandonar la secundaria a pesar de que le faltaban solo dos años para su graduación y para obtener una beca para estudiar en una prestigiosa universidad fuera del país; echando con ello, por la borda los sueños y el esfuerzo de sus padres; todo con el fin de entregarse cien por ciento a su carrera de modelo, la cual le estaba permitiendo cumplir gran parte de sus caprichos materiales, los que para ese entonces se habían convertido en algo prioritario para ella.

«Quien con lobos se junta, tarde o temprano terminará siendo parte de la jauría» Laura, como todo líder alfa, conocía muy bien las estrategias para atraer a las chiquillas a su academia, y Consuelo no fue la excepción, pero lo que Laura nunca imaginó fue que terminaría enredada en su propia telaraña y devorada por alguien a quien amaba demasiado.

En un mundo donde la traición, la hipocresía y la falta de vergüenza estaban a la orden del día, solo los expertos en dicha materia podían continuar subiendo peldaños, Miguel Ángel Escudero era uno de ellos. Valiéndose de aquel viejo adagio que dice que en la guerra, en el amor y sobre todo en el oscuro y sucio mundo de la política, todo es válido, Miguel Ángel conjuntamente con su equipo de trabajo se encontraba en la convención de su partido ultimando detalles para el cierre de campaña a tan solo dos días para las elecciones. Pese a que todas las encuestas arrojaban una considerable ventaja a favor de su oponente, el candidato de izquierda Juan Emilio Vaqueiro, Miguel Ángel por alguna razón que solo él y su equipo de trabajo conocían, estaba cien por ciento convencido de que saldría electo, declarándose vencedor incluso mucho antes de que se efectuaran los comicios.

Por otra parte, su oponente, el izquierdista Juan Emilio Vaqueiro, se encontraba en la sede de su partido acompañado por su equipo de trabajo y por un gran número de simpatizantes que llegaron a ofrecerle apoyo. Mediante una rueda de prensa, después de varias acusaciones y con los ánimos bastante caldeados, el candidato cerró su campaña, no sin antes aconsejar a las autoridades que se mantuvieran alertas ante cualquier fraude electoral. Lo que Juan Emilio no sabía, era que aquella contienda electoral ya estaba resuelta a favor de Miguel Ángel, casi desde el mismo instante en que este decidió lanzar su candidatura.

Ocupar un cargo importante dentro de la política, era de vital importancia para Miguel Ángel, la alcandía sería su primer paso, y no precisamente porque tuviera la intención de trabajar a favor de la comunidad, sino para satisfacer sus propios intereses, aprovechándose de los privilegios que otorga la política, tales como la inmunidad parlamentaria, la cual era su principal

objetivo. El interesante mundo de la política se
volvió tan codiciado que hasta los pillos más
comunes mueren por entrar en él, principalmente
para sentirse protegidos y para estar a la par de
sus colegas de traje y corbata que inteligentemente
empezaron a delinquir y a cometer sus fechorías
de manera legal, cobijados bajo las leyes que ellos
mismos crearon para su propia conveniencia.
Comprobando con ello una vez más, que la política
es la madre de todos los demonios y las rameras,
es la cueva y el escondite perfecto para delinquir
bajo el amparo de las leyes.

Vecindario La Rosa, semanas después de la
muerte de Matías. La presencia de Renata en el
vecindario empezaba a dar sus primeros frutos,
sus encantos y su poder de convencimiento
compaginaron para que Sebastián y sus amigos
desistieran de llevar a cabo un ataque en contra del
Conde, el cual estaba pautado para los siguientes
días. Sebastián cegado por su sed de venganza
sin pensar en las consecuencias, decidió elaborar
un plan arriesgado y peligroso para acabar con la
vida de su archirrival apodado el Conde y vengar
la muerte de su amigo de una vez por todas. Dicho
plan consistía en fingir una tregua entre su pandilla
y la pandilla liderada por el Conde, para, una vez
bajada la guardia, atacarlos por sorpresa sin darles
tiempo de reaccionar. Pero Renata, quien ante
Sebastián y el resto del vecindario se presentó
como Juliana la hermana de Matías, argumentando
que sería una misión peligrosa y hasta suicida,

logró apaciguar la ira de Sebastián y convencerlo de posponer el plan para otra ocasión. Bastaron solo unas cuantas palabras de Renata para que el león ardido en furia, de repente se convirtiera en un manso y dócil minino. Definitivamente solo una mujer tiene el poder y la capacidad de cambiar por completo la vida de un hombre, ya sea para bien o para mal, pues su amor es tan infinitamente maravilloso, que nos hace sentir poderosos e importantes, pero también puede empujarnos al abismo convirtiéndonos en nada cuando somos traicionados, o cuando ese amor no nos es correspondido.

Con Renata viviendo en el mismo vecindario que Sebastián, las cosas no podrían estar mejor para el Camaleón, quien ya empezaba a saborear la victoria; su estrategia estaba resultando más sencilla de lo que pensaba, Renata con su brillante actuación digna de un premio de la academia, personificando a Juliana la verdadera hermana de Matías, en muy poco tiempo logró ganarse la confianza de casi todo el vecindario, en especial de Sebastián, quien cada día se sentía más atraído hacia ella. Renata astuta e inteligentemente, fingiendo un sentimiento mutuo y correspondido, poco a poco estaba invitando a Sebastián a ser parte de ese juego, en el cual ella era quien ponía las reglas y las condiciones, sosteniendo de esa manera el control absoluto de aquella farsa.

Sin embargo, jugar con fuego siempre trae consecuencias; cada uno de los detalles y la manera especial y caballerosa con la que Sebastián empezaba a tratarla, crearon un efecto dominó en Renata, quien empezaba a sentirse traicionada por sus sentimientos, desatando una batalla campal en su interior, causada por la indecisión de no saber si continuar con la misión que le fue asignada o si hacer lo que le dictaba su corazón. Aquella mujer frívola, vacía de sentimientos y con un corazón de piedra, sin darse cuenta estaba siendo doblegada poco a poco por la magia de Cupido quien empezaba a jugar un papel importante en ese asunto; demostrando con ello una vez más, que ante las cosas grandiosas e impredecibles del amor, no hay hora ni fecha en el calendario y menos todos aquellos estúpidos prejuicios que suelen dividirnos, a pesar de que somos fruto de una misma creación. Contra todos los pronósticos, en medio del odio, la violencia y las balas, estaba por nacer un amor de fábula entre el cazador y su presa.

La oportuna intervención de Renata, que logró frenar un inminente ataque en contra del Conde por parte de Sebastián, causó una reacción de júbilo en el Camaleón, quien por medio de sus emisarios dejó saber a la chica que su lealtad y esfuerzo, serían bien recompensados, asignándole un lugar importante dentro de la organización. Los tentáculos de ese criminal estaban esparcidos por lugares inimaginables, cada uno de sus hombres como si fuesen caninos bien amaestrados, mostraban cada vez más fidelidad y eficiencia, razón por la cual su organización adquiría un poder sin precedentes.

Al tener una clara percepción de que otro cargamento con sustancias ilegales estaba a punto de ingresar a territorio norteamericano y europeo, los agentes de la DEA Jeremy Sims, Matt Logan y Gabriel Díaz, quien servía de traductor para los agentes sajones, llegaron al país para intercambiar información y trabajar conjuntamente con las autoridades locales precedidas por el jefe de antinarcóticos de la policía, el coronel Oscar Mendoza y el agente Cristian Miranda, quien además tenía bajo su cargo la investigación de la trata de blancas. Debido a la escasa información con la que contaban las autoridades y a la manera compleja en la que estaba estructurada la organización, evitar que dicho cargamento llegara a sus respectivos destinos, y a la vez dar con el paradero de los miembros y del líder principal de dicha organización delincuencial, estaba resultando una tarea sumamente complicada para los agentes al frente de aquella investigación.

No hay honestidad que una buena cantidad de dinero no la pueda comprar. Por las astronómicas sumas de dinero que generaban los negocios ilegales, ni el ciudadano más común, ni algunos líderes políticos y oficiales de alto rango de ciertos departamentos de control, pudieron resistirse ante los encantos del poderoso don dinero y terminaron convertidos en los perros falderos del Camaleón; dificultando aún más el trabajo de los agentes que trataban de desmantelar su organización y llevarlo ante la justicia para hacerlo pagar por cada uno de sus delitos.

Suele decirse que el diablo sabe más por viejo que por diablo. Como si se tratara de una carrera de velocidad en la que estaban compitiendo un atleta profesional y un niño que apenas empezaba a dar sus primeros pasos; aprovechándose de su poder económico y social, pero sobre todo de su hábil manera de camuflarse, el Camaleón siempre iba tres o cuatro pasos más adelante que sus cazadores, y como si fuera poco, estaba a punto de sumar otra victoria importante a su carrera delictiva, la cual le garantizaría seguridad y le daría libertad para continuar delinquiendo y cometiendo sus fechorías, esta vez amparado bajo el marco legal de la constitución.

Luego de una agitada y prolongada campaña política, la hora cero para Miguel Ángel y Juan Emilio había llegado; mediante el conteo de los votos era momento de saber cuál de las estrategias y promesas de campaña había causado mayor efecto en el electorado. A parte de los mismos discursos baratos y de las falsas promesas de siempre, es decir a parte de las mismas artimañas y payasadas políticas a las que nos tienen acostumbrados, siguiendo la misma línea de los políticos tradicionales o mejor dicho de los expertos en decir mentiras e incumplir promesas, aquella propuesta política no mostraba absolutamente nada nuevo. A pesar de que la carrera para ganar la alcaldía de ante mano estaba resuelta a favor de Miguel Ángel, los comicios se llevarían a cabo para cumplir con el protocolo y quedar bien ante los veedores internacionales, también conocidos como los promotores de la democracia, que no son más que otros pillos, con mayor poder.

En una sociedad donde el dinero y las alianzas políticas pesan más que la decisión de todo un pueblo, nuestros supuestos líderes hacen y desasen a su antojo las leyes para su conveniencia y su propio beneficio, y pese a sus delitos graves, políticos corruptos como Miguel Ángel siempre salen absueltos de toda culpa; entonces carece de sentido que el pueblo salga a ejercer su derecho, si al final su decisión es irrespetada por los corruptos de siempre que nos tienen sumidos en la miseria, atrincherándonos en una realidad de la que no podemos escapar.

Siguiendo el ejemplo de la ciudadanía, Miguel Ángel y Juan Emilio, también asistieron a ejercer su derecho al voto, cada quien por su lado, claro está. Como ya es de conocimiento público, el descaro y la desfachatez en la política no tienen límites, así que como si no hubiera sido poco valerse de una sucia artimaña para ganar las elecciones y apabullar a su contrincante, Miguel Ángel con una sonrisa burlona sufragó a favor de su rival, pensando que con su voto la humillación de Juan Emilio no sería tan grande. Hasta ese momento los comicios marchaban con total tranquilidad y en relativa calma, pero cada vez era más evidente la impaciencia de cada uno de los candidatos por conocer los resultados finales.

Poco antes de las cinco de la tarde, hora en la que se cerraban los recintos electorales, los principales noticieros apoyados por las diferentes agencias encuestadoras, empezaban a arrojar resultados, señalando una clara ventaja a favor del candidato de izquierda Juan Emilio Vaqueiro; sin embargo, como por arte de magia y ante el asombro de todo el mundo, dos horas más tarde, el escrutinio de los votos, de repente dio un giro inesperado, dando como ganador absoluto y por un amplio margen a Miguel Ángel Escudero. Con fraude o no, otra vez se salía con la suya y la ciudad contaba con nuevo alcalde. En pocas palabras, al conseguir su objetivo, Miguel Ángel conectó un jonrón con todas las bases llenas. Sumando más logros a su buena racha, días antes de las elecciones, Miguel Ángel recibió varias llamadas de nuevos clientes en el extranjero que solicitaban una muestra de su producto, con la condición de que si este satisfacía sus expectativas, él y sus socios serían los únicos proveedores; en aquella ocasión el aroma de sus orquídeas estaba por perfumar territorio nipón y chino.

La honestidad, las buenas acciones y las ganas de trabajar en bien de los demás, son las virtudes que distinguen a una verdadera persona de un parásito, pero lamentablemente con el paso del tiempo la primera es repelida o infectada por un virus imposible de erradicar, llamado corrupción.

La manera ruin con la que Miguel Ángel ganó las elecciones, sirvió para comprobar una vez más que ante las mentiras, la malicia y la ambición por obtener más poder, que tienen algunos individuos, la honestidad de una persona representa una gran amenaza para ellos. Su convicción por hacer lo correcto, llevó a Juan Emilio a competir contra una maquinaria oligarca, en una carrera política dispareja. Como si fuera una hormiga tratando de huir de una estampida de elefantes, Miguel Ángel llevaba una ventaja de mil a uno con respecto a su oponente Juan Emilio Vaqueiro, quien se mostró sorprendido por los resultados de los escrutinios y a la vez impotente por no poder hacer nada para cambiar el curso de la historia. Juan Emilio negándose a aceptar su derrota desde la sede de su partido mediante comunicados de prensa, expresó su descontento oficializando la denuncia de un evidente fraude electoral, pero sus reclamos fueron inútiles. Ante los escasos recursos de una víctima, la justicia siempre se vuelca hacia el lado del dinero y del poder del victimario. Según lo establecido por la constitución y ante el resto de sus colegas, Miguel Ángel era el legítimo ganador y eso era más que suficiente para olvidar ese capítulo. Pero Juan Emilio no estaba dispuesto a rendirse fácilmente, aunque ello significara arriesgar su propia vida, así que por todos los medios trataría de llegar hasta el fondo del asunto para desenmascarar a Miguel Ángel.

V

En aquella ocasión la celebración llegó por partida doble a la mansión de los Escudero, con el hombre de la casa convertido en el nuevo alcalde de la ciudad, su conyugue tampoco podía quedarse atrás. A parte de la victoria de su esposo, Laura también tenía razones de sobra para celebrar.

El importante evento de modas que se llevó a cabo en el país, el mismo cuya organización estuvo a cargo de Laura, resultó todo un éxito, lo cual garantizó la extensión de su contrato para organizar próximos eventos en los años venideros. Pero no solo el matrimonio Escudero celebraba en aquella ocasión; Consuelo al causar sensación en su debut siendo una de las atracciones principales de dicho evento, también era participe del éxito obtenido por Laura. Para entonces ya se había independizado mudándose a vivir a un departamento lujoso propiedad de Laura Escudero, ubicado en una de las zonas más exclusivas de la ciudad, fue así como, increíblemente en poco tiempo, Consuelo consiguió lo que a otras niñas les tomaría toda una vida.

Las atenciones y regalos costosos que Laura hacía a Consuelo, no eran por simple casualidad, tampoco porque tuviera una alma caritativa y lo hiciera de corazón o porque Consuelo realmente lo mereciera; detrás de todo ello había cierto interés oculto. Era obvio que Laura por medio de sus atenciones y regalos, estaba tratando de hacer que Consuelo captara su mensaje y se decidiera a extinguir el fuego que ella provocaba en cada una de sus hormonas; pero Consuelo, cien por ciento segura de su orientación, ignoraba por completo el llamado de Laura, lo cual a ella le enfadaba enormemente. Dicen que un amor no correspondido siempre trae consecuencias. La misma persona que ayudó a Consuelo a llegar hasta el tope de la gloria, años más tarde, la convertiría en un ser malévolo y despiadado.

Mientras Consuelo daba sus primeros pasos hacia el estrellato y Sebastián elaboraba un plan para vengar la muerte de su amigo, Alicia la madre de ambos, víctima de una enfermedad que venía acompañándola desde hacía años, la cual se acrecentó por el abandono de sus hijos, luchaba por su vida postrada en una tétrica cama de hospital, aferrándose al más mínimo rayo de esperanza que le permitiera ver por última vez el rostro de sus adorados pequeños. Las cláusulas de un contrato que impedían rotundamente regresar a sus orígenes, fueron más fuertes que la conciencia

y el amor que Consuelo sentía por su madre;
tanto que tuvo que recurrir a un miserable te amo
estampado en un trozo de papel, acompañado por
un costoso arreglo floral para justificar su ausencia
en esos momentos difíciles por los que atravesaba
su madre. Por su parte Sebastián obsesionado con
su absurda venganza, de la manera más egoísta,
injusta y cruel estaba invirtiendo todo su tiempo
en preparar estrategias para seguir derramando
sangre, sin saber que un minuto de su tiempo
habría podido alargar la vida de su madre unos días
más.

«Erróneamente creemos que el amor
incondicional y todo lo bueno que los padres dan a
sus hijos, es insignificante cuando lo comparamos
con las cosas pasajeras y materiales, las cuales
solo nos vuelven egoístas y presumidos, a tal
punto que nos impiden doblegar nuestro orgullo
para corresponder con afecto sincero a los seres
que nos aman, cuando aún estamos a tiempo, pero
cuando ya es demasiado tarde, hipócritamente nos
acercamos a llorar a un cuerpo frio y sin alma»

La ausencia y la falta de afecto por parte de sus
hijos, sumado a la enfermedad que la consumía,
conspiraron para que el supremo se conmoviera
de Alicia y tomara la decisión de no prolongar
su sufrimiento, así que no tuvo otra salida más
que la de adelantar su viaje hacia la eternidad.
La insensibilidad de Consuelo y de Sebastián,
injustamente hicieron que se alargara la agonía
de su madre por quince días, quince días que

fueron los más angustiosos y dolorosos de su vida. Negándose a escuchar el llamado del creador y luchando insaciablemente contra la bendita muerte, Alicia se oponía a abandonar este mundo sin ver por última vez el rostro de sus amados pequeños y sin recibir de ellos un abrazo de despedida. Pero lamentablemente todo su sufrimiento y su espera fueron en vano, y como si lo mereciese, tuvo que partir sin hacer realidad su último deseo, simplemente porque los compromisos y el egoísmo de sus hijos no se lo permitieron. Después de tan intensa agonía y de esperar vanamente que sus hijos fueran a despedirla, sin más fuerzas para seguir luchando, Alicia decidió entregarse a los brazos del creador un viernes en la madrugada, llevándose con ella la imagen del rostro demacrado y destrozado de Joaquín, su gran amor, el aroma de un miserable ramo de rosas por parte de Consuelo y los recuerdos más cercanos de su familia.

El amor de Alicia y de Joaquín era de esos pocos que suelen dejar huella y perduran por la eternidad, por esa razón la partida de Alicia causó un cataclismo de proporciones bíblicas que destrozó el interior de Joaquín. Sin nadie que le ayudara animándolo, abrazado al cuerpo de Alicia y ahogado en un mar de lágrimas, Joaquín dedicó varias horas a suplicar y a enviar miles de plegarias al cielo, esperando que el poderoso universo se conmoviera de su dolor y regresara nuevamente la existencia a su alma gemela, su compañera de toda la vida. Luego de miles de suplicas y de plegarias, sin obtener una señal divina que escuchara su pedido, Joaquín furioso empezó a renegar de su existencia, pero sobre todo de la decisión que había tomado el cielo con respecto a la partida de su esposa.

De cierto modo su reacción era bastante comprensible, cualquiera que se encontrase en la misma situación, de seguro perdería los estribos. El dolor de perder a un ser amado, es tan indescriptible que ni el analgésico más poderoso es capaz de disipar esa pena. El sufrimiento y las lágrimas de Joaquín iban en contra de la teoría de aquellos que suelen decir que los hombres no lloran. Aquellas lágrimas no eran solamente de un hombre atormentado y moribundo, sino que además eran lágrimas provenientes directamente del corazón, para dejar saber que pese a ser fuertes, rudos y quizá algo toscos, los hombres también tenemos sentimientos, más aún cuando se trata de afrontar situaciones similares a la de Joaquín; el dolor golpea a todos por igual y no somos de piedra como piensan por ahí.

En esa ocasión, la ironía de la vida se manifestó de la manera más cruel y despiadada en aquella sala de hospital; el amor y el cariño que Alicia y Joaquín tenían por sus hijos, pero sobre todo el dolor que soportó Alicia para traer al mundo a Consuelo y a Sebastián, fueron correspondidos con olvido, un olvido que intensificó el dolor de Joaquín, quien tuvo que soportar en soledad la partida de su amada esposa, pues las únicas personas que podían ayudarlo a salir del abismo, aquel día brillaron por su ausencia. Para no alargar más su dolor, después de un funeral simbólico, Joaquín decidió sepultar a su esposa esa misma tarde. Se dice que desde entonces, se volvió errante, su mente se encontraba en el limbo en un viaje sin retorno y su alma la dejó sepultada junto al cuerpo de su amada esposa; se dice también que no hubo un solo día en el que Joaquín no visitara la tumba de Alicia. Años más tarde, según versiones de algunos testigos que lo conocían, cuando Sebastián acudió a visitar la tumba de su madre por primera vez para llorarla y pedirle perdón, encontró el cuerpo sin vida de su padre abrazado a la tumba de Alicia.

Dios los crea y ellos se juntan, dice un viejo refrán; sin duda Alicia y Joaquín fueron el vivo ejemplo para todos aquellos escépticos que piensan que el verdadero amor es solo un mito y no una realidad. Cumpliendo a cabalidad los principios fundamentales de una relación, como lo son el respeto y la fidelidad, pese a las adversidades y a todos los obstáculos, ambos supieron mantener a flote su gran amor, el cual cada día se tornaba más fuerte e irrompible. Era claro que nacieron para estar juntos y que no podían vivir el uno sin el otro. Su muerte simplemente significó el renacimiento de dos almas creadas para estar juntas. Sin temor a equivocarme y sin importar el lugar en el que se encuentren, estoy seguro de que ellos continúan amándose igual o con más intensidad con la que se amaron por primera vez.

Ante el poderoso universo no existe nada oculto; cada una de nuestras acciones ya sean malas o buenas, tarde o temprano terminan por salir a la luz, ese fue el caso de Laura Escudero, quien astutamente se valía de artimañas para evadir la justicia terrenal, pero ante el juez supremo tenía varias cuentas pendientes que estaban por pasarle factura.

Cuatro madres desesperadas porque no sabían absolutamente nada de sus hijas, que ya llevaban varios meses fuera de casa, fueron las causantes principales de la paranoia de Laura Escudero, quien empezaba a sentirse presionada por cada una de sus malas acciones. Las madres de las últimas cuatro niñas que Laura envió al extranjero, supuestamente a continuar con sus estudios de modelaje, al no tener noticias de sus pequeñas y ante la conducta evasiva de Laura que no quería hablar del tema, decidieron aparecer un día en su academia para confrontarla y exigirle noticias de sus hijas. Laura demostrando una vez más porque era la reina del engaño y de la mentira, con una pequeña suma de dinero y un discurso al estilo de todo buen político, lleno de mentiras, pero convincente, logró tranquilizar a aquellas madres desesperadas que empezaban a sentir los efectos de vivir en una sociedad egoísta, ambiciosa y sobre todo maliciosa.

Como siempre Laura Escudero, adelantándose a cualquier circunstancia, inmediatamente acordó con sus socios que las niñas debían

llamar a sus madres de la manera que fuera
para evitar problemas y futuros contratiempos
que amenazaran con robar sus preciadas horas
de sueño. Dicho y hecho, tal como lo había
planificado una semana más tarde, por medio de
una llamada algo misteriosa y forzada, cada una de
las niñas dejó saber de su estado a sus respectivas
familias. La angustia y la preocupación de cada
una de las madres se disipó algo, al escuchar la voz
de sus adoradas pequeñas, pero al mismo tiempo
sus presentimientos de madres percibían una
amenaza. Con esa jugarreta, Laura logró hacer que
las agitadas aguas regresaran a su cauce natural, al
menos por un lapso corto de tiempo. Pero meses
más tarde, un trágico evento pondría en evidencia y
sacaría a la luz los verdaderos negocios de aquella
honorable y distinguida dama.

No sé quién era peor, si Laura Escudero o
aquel delincuente apodado el Camaleón, creo que
la única diferencia entre ellos, era su físico, ya
que en el fondo ambos eran unas desagradables y
repugnantes sanguijuelas.

Al lograr entrar en la madriguera de las
alimañas y convertirse en una de ellas, es decir al
pertenecer al prestigioso mundo de la política y
obtener la tan ansiada inmunidad parlamentaria,
distintivo que distancia a los políticos del resto
de los criminales, el Camaleón anotó otra victoria
importante para él y para toda su organización;
ahora si se podía decir que el diablo andaba suelto
y haciendo de las suyas. La astucia y la sagacidad

del lobo volvían a prevalecer sobre la ventaja numérica de sus cazadores; con la reciente victoria obtenida por parte del Camaleón, la poca o más bien la escasa información que las autoridades poseían sobre él, prácticamente se fue por la borda. La política le brindaba a ese criminal el ambiente propicio para su supervivencia, pues no solo podía trasladarse con facilidad, sino que además al obtener un título diplomático, se le brindaba seguridad, dificultando aún más su captura por parte de las autoridades. Si antes les parecía complicado dar con su paradero, ahora que el Camaleón se encontraba en su habitad natural, capturarlo sencillamente resultaba imposible.

Al tener indicios de que otro cargamento con sustancias prohibidas, propiedad del Camaleón, estaba a punto de zarpar, y tratando de impedir a toda costa que dicha embarcación llegara a su destino, las autoridades intensificaron la vigilancia en los puntos estratégicos de todo el país; pero lastimosamente, el esfuerzo y la pérdida de tiempo por parte de los departamentos de control, se vieron reflejadas en un humillante fracaso. Mientras ellos vigilaban lugares que supuestamente eran los más vulnerables y fáciles de evadir, aquel cargamento ilegal estaba siendo embarcado en sus propias narices, incluso con el consentimiento y la aprobación de los oficiales de la aduana, quienes a su vez detallaron en su informe que se trataba de mercadería legal. Con ese golpe, otra vez el Camaleón dejaba con el amargo sabor de la derrota a cada uno de los agentes involucrados en dicho operativo. A parte de Estados Unidos y de Europa, debido a su excelente calidad, en esa ocasión su producto se disponía a conquistar mercado asiático. En conclusión, las cosas no podían estar mejores para ese criminal que cada día se volvía más poderoso e implacable.

A falta de un líder capacitado que sepa sacar provecho de buena manera a las mentes brillantes de cientos de jóvenes, que por su condición social son marginados y olvidados por un sistema corrupto que trabaja únicamente para su propio beneficio, obligando a estas personas a que tengan que adoptar un arma de fuego como herramienta principal de trabajo para subsistir, delincuentes como el Camaleón aprovechándose de tan frágil situación, reclutaban a decenas de jóvenes para convertirlos en asesinos a sueldo; jóvenes que de no ser por la maldita corrupción, fácilmente podrían contribuir de manera positiva al bienestar del mundo. Renata alias la pantera, era una de esas personas que cayeron en el infortunio de recurrir al hampa como medio para sobrevivir.

Aprovechando que Sebastián atravesaba un difícil momento por la pérdida de su madre, Renata acordó un encuentro a escondidas con el Conde, para ponerlo al tanto de lo que estaba ocurriendo en el vecindario La Rosa, justificando de esa manera su estadía en dicho lugar. Al tratarse de una cita clandestina, para no levantar ninguna sospecha, esta fue concisa y breve y en ella Renata dejó saber al Conde solo ciertos detalles de los movimientos de Sebastián, pues para entonces el amor que empezaba a sentir por su enemigo, estaba jugando en contra de la lealtad que debía mostrar hacia sus patrones.

En su camino de regreso a casa, de repente su mente dio un brinco en el tiempo regresando a un evento bastante tormentoso y doloroso para ella, por medio del cual se le revelaba la verdadera razón por la que decidió convertirse en delincuente. Sintiendo como miles de espinas hincaban intensamente en el centro de su corazón y de su alma, su mente, como si fuese una cinta de video, empezó a rebobinar cada uno de sus recuerdos llegando hasta aquel trágico momento que cambió su vida para siempre. Al igual que Sebastián pero por motivos distintos, Renata también tenía una sed de venganza insaciable.

Por el simple hecho de haber nacido en una familia cuya pobreza le impidió poner valor a su apellido, cuando apenas tenía doce años, ella y los miembros de su hogar fueron víctimas de aquellos miserables que hicieron de la justicia una pobre meretriz que se vende al mejor postor.

Una mañana varios hombres encapuchados, portando falsos títulos de propiedad y de desalojo, repentinamente irrumpieron en la tranquilidad de su hogar y en la del resto de familias que llevaban varios años asentadas en aquel pequeño espacio de tierra, ubicado en una zona marginal de la ciudad, a la cual muchos solían referirse como tierra de nadie. Argumentando que habían invadido propiedad privada, aquellos forajidos obligaron a todas las familias a abandonar el pequeño espacio de tierra, que les correspondía de este vasto y extenso planeta que pasó a ser propiedad de los poderosos. Al no tener otra alternativa y ante las reiteradas amenazas de aquellos criminales, las familias humildes tuvieron que huir para resguardar sus vidas, dejando atrás lo poco que poseían. Más no fue así con la familia de Renata, la cual fue brutal y cobardemente asesinada por haberse negado a abandonar su hogar, pero antes de ejecutarlos, como penitencia extra por su pecado de haber nacido en medio de la pobreza, fueron obligados a presenciar como un grupo de cerdos infelices ultrajaban a Renata, robando su inocencia de la manera más sucia y cobarde cuando ella apenas tenía doce años de edad.

«Ante el comportamiento irracional de algunas personas, es difícil determinar cuáles son más salvajes, si los animales o los humanos, pues aunque parezca cruda y despiadada la manera con la que proceden ciertas fieras salvajes, su conducta es aceptable ya que esa es su naturaleza y son criaturas carentes de razonamiento y de conciencia; pero lo que es inaceptable e inaudito, es que una persona que fue creada a imagen y semejanza de un ser celestial extremadamente compasivo, bondadoso y benevolente, sea capaz de usar su inteligencia para lastimar a personas inocentes e indefensas»

Después de haber perpetuado tan terrible ataque y de haber complacido su instinto animal, aquellos cobardes se marcharon, dejando una huella imborrable en la vida de Renata. Desde entonces, el corazón noble y puro de una niña que apenas empezaba a vivir, se llenó de odio e ira, sentimientos que cada día alimentaban más su infinita sed de venganza. Al estar encapuchados, Renata no pudo reconocer a los tipos que le desgraciaron su vida, la única pista con la que esperaba dar al menos con uno de sus malhechores, era una anticuada y ordinaria pieza de joyería que había arrebatado a uno de ellos en el momento del forcejeo, la cual siempre llevaba en una de sus muñecas con la finalidad de captar la atención de su verdadero dueño, para así vengar la muerte de sus padres y de su hermano menor. La única manera con la que podía rastrear y dar al menos con uno de sus verdugos, era dentro de su propio mundo, es decir por medio de la delincuencia; por esa razón Renata, en contra de su voluntad, fue obligada a convertirse en un despiadado sicario que no tenía el más mínimo temor a la muerte. Lo que ignoraba, era que después de varios años, la vida ya había puesto a uno de sus agresores en su camino, es más, lo había puesto más cerca de lo que imaginaba. No sé si porque el destino es grande o porque el mundo es demasiado pequeño, precisamente el hombre apodado el Conde, a quien hacía minutos acababa de rendir cuentas, era uno de los autores materiales del acontecimiento que cambió su destino, pero quien estaba detrás de todo era el Camaleón, el hombre a quien Renata irónicamente admiraba y por quien guardaba gran respeto. Increíblemente por esas extrañas casualidades que suelen ocurrir en la vida, Renata y Sebastián tenían el mismo enemigo.

VI

«De nada sirve tener éxito y poder, si la soledad es la única que aplaude cada uno de esos triunfos» Quién mejor que Consuelo Flores para dar fe de ello. Como si fuese una diminuta gota de ácido desintegrando el tejido cutáneo, la conciencia y el remordimiento por haber abandonado a su familia, en especial a su madre cuando más la necesitaba, empezaban a causar estragos en el corazón de Consuelo, creando un enorme vacío en su interior que no podía ser llenado por nada que no fuera un cariño y un amor sinceros e incondicionales.

Las cláusulas de un contrato, las intenciones macabras de Laura y su verdadera orientación reprimida en el interior de un closet, estaban ejerciendo completo control sobre Consuelo, obteniendo un dominio total de su vida, al punto de parecer que era de su entera propiedad. Nada llegaba a Consuelo sin que antes pasase por manos de Laura, era ella quien aprobaba y daba luz verde a cada movimiento y acción que Consuelo debía realizar, lo que empezaba a irritar enormemente a la joven. Pero con la habilidad de Laura para manipular a las personas haciendo uso de su psicología avanzada, con los costosos regalos, lujos y con algunas excentricidades, que tocaban el punto más débil de Consuelo, Laura lograba disipar la ira de una gata rabiosa que en ocasiones amenazaba con sacar las garras.

«El alumno aprende lo que el maestro le enseña» La fama, el estatus social y cuanta cosa material que Laura entregaba a Consuelo, ella estaba convirtiéndolo en primordial, colocándolo en el primer plano de su vida, llegando incluso a creer erróneamente, que por medio de lo material y de lo pasajero, podía llenar el vacío insustituible que provocó cuando se alejó de su familia. La niña que algunos años atrás era el orgullo de Alicia y de Joaquín y el ejemplo a seguir para muchos, poco a poco se estaba convirtiendo en una masa andante provocadora de pecados, que era mejor evitar. «Pero lastimosamente la tentación y la debilidad son más fuertes que la voluntad» Varios corazones sucumbieron ante sus encantos, y algunos de ellos tuvieron que pagar con su propia vida por el privilegio de acariciar su piel, la primera víctima estaba a punto de caer en sus redes.

Laura, completamente segura de que por medio de su dinero había logrado torcer un árbol que nació cien por ciento derecho, un día decidió poner a prueba los sentimientos, pero sobre todo la orientación y la preferencia sexual de Consuelo, haciendo de intermediaria entre ella y quien a su

vez sería su primer amor. Irónicamente a Laura
el tiro le salió por la culata, convirtiendo en una
verdadera pesadilla el mundo de fantasía que
soñaba.

Acostumbrada a obtener con dinero lo
que se propusiese, Laura pensó que también
podía comprar el amor, un amor prohibido y
condenado ante la sociedad, y si ese amor llegase
a ser correspondido, estaba dispuesta a asumir las
consecuencias; pero para su desgracia, sus ojos y
su corazón se fijaron en la persona equivocada.
Los gustos y preferencias que tenía Consuelo,
eran muy diferentes a los de Laura. Al igual que
todo hipócrita cobarde que prefiere guardar su
felicidad en un cajón, antes de ser el tema principal
de conversación en las afamadas horas del té, que
suelen tener los de una sociedad aún más hipócrita,
que forzadamente quieren quedar bien ante los
demás, mostrándose refinados y pulcros cuando en
realidad viven ahogados en su propio excremento,
la llegada de Consuelo Flores a la vida de Laura
Escudero, sirvió únicamente para sacar a la luz
un secreto bien guardado, con el cual llevaba
batallando toda la vida.

Días más tarde, sin tener la menor idea de
lo que estaba por acontecer, Laura decidió
invitar a Consuelo a una gala organizada por
amigos y miembros del partido político de su
esposo, para celebrar que era el nuevo alcalde
de la ciudad. Además de un caviar insípido, un
costoso champagne, un glamur disfrazado y de

las infaltables críticas a los desconocidos y a los del grupo de al lado, todo marchaba en relativa calma para Laura y para Consuelo, no obstante había algo que cada vez se hacía más evidente y todo el salón empezaba a murmurar sobre ello, se trataba del continuo asedio de Laura hacia Consuelo, pues la primera, como si fuese un perro guardián puso toda su atención en la segunda, impidiéndole relacionarse y socializar con otras personas, particularmente con caballeros con quienes Consuelo deseaba iniciar una amistad. Solo a quienes Laura consideraba amigos de su entera confianza y aquellos que no representaban competencia para ella por su condición de afeminados, era con quienes Consuelo podía interactuar. Con lo que Laura no contaba, era con que un pequeño y misterioso ser con alas, portando un arco y varias flechas, había llegado a la fiesta sin ser invitado y estaba rondando por todo el salón aguardando el momento propicio para demostrar lo que mejor sabe hacer, flechar corazones. Pese a la extrema guardia que Laura montó sobre Consuelo y a su extraña obsesión por cuidar lo que no le pertenecía, no pudo impedir que la magia de Cupido hiciera de las suyas, lo que causó una explosión de varios megatones de poder en su interior, que terminaron por aniquilar su corazón. Su cobardía por no aceptar y admitir que Miguel Ángel había llegado a su vida únicamente para proteger el prestigio de su familia y el suyo propio, sabiendo que una piel delicada llena de curvas proveniente de Venus, era su mayor delirio, hizo que se negara a sí misma la posibilidad de descubrir el verdadero amor, ya que para ella era más importante evitar el qué dirán, que alcanzar su propia felicidad.

«No escupas hacia arriba, porque te puedes ensuciar la cara» Solían decir nuestros viejos, refiriéndose a que todo lo que hacemos, dependiendo de cómo lo hagamos, tarde o temprano nos será devuelto con bendiciones o cobrado con creses. Laura acostumbrada con sus amigas a criticar y a juzgar a los demás por simple placer, ahora recibía una buena lección de la vida, que la estaba tocando donde más le hacía daño...

Entre las amistades de confianza, el más cercano a la familia Escudero, era Cesar Augusto, hijo de una de las mejores amigas de Laura, quien de repente apareció en la fiesta poco después de las once de la noche. Aunque Laura internamente lo maldecía por haberse presentado en ese lugar, para no perder su glamur y por la relación de amistad que mantenían, no tuvo más salida que presentárselo a Consuelo; dando inicio con ello al vía crucis de su vida, porque por más que intentó, no pudo evitar que los jóvenes se enamoraran; no sé si por simples casualidades o porque estaba establecido que tenía que ser así. Lo cierto es que desde aquella noche, dos corazones estaban a punto de sufrir las consecuencias que conlleva amar a la persona equivocada. El corazón de Laura por haberse fijado y enamorado de alguien imposible y diferente a ella, y el corazón de Cesar Augusto por jugar al don Juan seductor, estaban a punto de sentir el aguijón de la viuda negra, incrustarse en el centro mismo de su alma.

«Las mentiras caen por su propio peso, y si un castillo no es construido con bases sólidas y resistentes, correrá el riesgo de ser arrasado por los embates de la naturaleza» El imperio que Laura había construido a base de mentiras y de engaños, estaba a punto de ser azotado por un vendaval de problemas e inconvenientes que olvidó resolver cuando aún estaba a tiempo. Por atender el llamado de su corazón y por poner toda su atención en elaborar planes para conquistar un amor imposible, Laura descuidó un asunto sumamente serio y a la vez sensible que se suscitó meses atrás, el cual se relacionaba con las niñas que enviaba al extranjero, supuestamente a continuar con sus estudios de modelaje, ello abrió una fisura en su impenetrable fortaleza, dando a las autoridades, en especial al agente Miranda, la oportunidad perfecta que estaba buscando para iniciar una intensa investigación en su contra, la cual terminó por sacar a la luz la verdadera fuente de ingresos de una dama que se jactaba de ser intachable, correcta y honesta.

Ante la continua evasiva de Laura para atender a cuatro madres angustiadas y desesperadas que únicamente deseaban tener noticias de sus hijas, ellas no tuvieron más remedio que acudir a las autoridades para denunciar la desaparición de sus pequeñas. Si aquella decisión tomada por las cuatro madres pintó un panorama incierto para Laura, dos días más tarde, su situación se volvió aún más sombría, tras la terrible tragedia que tocó la puerta de una de aquellas angustiadas mujeres.

Gracias a la denuncia que dos días antes hicieran aquellas madres y a la investigación por parte de las autoridades locales conjuntamente con los oficiales consulares establecidos en tierra nipona, pudieron identificar a una de las niñas, pero solo para confirmar lo peor. Un día muy temprano, el agente Cristian Miranda se presentó en la humilde residencia de una de las niñas, y no precisamente en visita de cortesía, sino para notificar a Catalina, el deceso de María Cristina, su hija, quien, según versiones extraoficiales, había sido asesinada por resistirse a un asalto. Pero la verdad era que aquella niña inocente fue asesinada por un grupo de cobardes, al intentar escapar del infierno al que la habían confinado, obligándola a prostituirse por largas horas en condiciones infrahumanas.

«Definitivamente la codicia y la maldad de algunas personas, sobrepasa hasta sus propios límites» Es tal su ambición por obtener poder que dejaron de temer a la justicia celestial, puesto que a la justicia terrenal la convirtieron en su mejor aliada. Laura Escudero era el vivo ejemplo de esas personas; el alma noble y caritativa que aparentaba ser, en realidad era el demonio encarnado en una mujer, una mujer sin escrúpulos y sin sentimientos, capaz de hacer lo que fuese para alcanzar sus objetivos. El dolor de una madre y la vida que infame e injustamente arrebataron a una niña inocente que apenas empezaba a vivir, eran las consecuencias que debían asumir por haberse atrevido a soñar con un futuro mejor, confiando en la persona menos indicada.

«Es de conocimiento público que el estatus social y económico del culpable, prevalecen sobre la humildad y la honestidad del inocente» Para evitar que su prestigio y reputación fueran empañados con hipótesis que según ella eran mal fundadas, Laura también hizo aparición en la residencia de Catalina para expresar su solidaridad y ofrecer su apoyo; y como acostumbraba hacer, con una suma de dinero que ayudara a cubrir los gastos mortuorios, al igual que Pilato, se lavó las manos librándose de toda culpa; pero lo que se avecinaba, no pudo percibirlo. Aquel acontecimiento abrió una brecha hacia su propia destrucción, pues era solo el principio de su propio final y la encargada de entregarla a la justicia, sería nada más y nada menos que el fruto de su propio vientre.

Una semana más tarde, el cuerpo sin vida de María Cristina era repatriado a su país, para darle el último adiós en la tierra que la vio nacer. Aquel féretro no solo traía el cuerpo de una niña inocente, cuyo pecado fue haber soñado más de la cuenta, también traía sus sueños, sus ganas de sobresalir y sus deseos de ser alguien importante, los cuales fueron brutal y despiadadamente truncados por un grupo de cobardes que no merecen la más mínima compasión a la hora de ser ajusticiados.

«Con esto no estoy promoviendo la venganza, tan solo hago hincapié en que las penas deberían ser más severas para todos los cobardes que se atreven a negociar con la integridad y la dignidad de las personas» Describir el dolor que sintió esa pobre madre cuando sepultó el cuerpo de su amada pequeña, sencillamente me resultó imposible, por más que divagué por todo mi vocabulario tratando de encontrar las palabras exactas que me ayudaran a explicar aquella escena, fue como querer caminar sobre el agua.

«La buena educación empieza en el hogar» La victoria que obtuvo para ocupar la alcaldía de la ciudad, no solo elevó la popularidad de Miguel Ángel, sino además la de Sara y Montse, sus dos hijas; aunque obviamente, cada una la aprovecharía de maneras distintas. Por un lado a Montse, la falta de atención de sus padres, que a menudo era compensada con dinero y con regalos costosos, estaba convirtiéndola en una niña vacía, cruel y llena de odio, y por ello su nivel de arrogancia al sentirse superior a los demás se estaba elevando notablemente, al punto de jugar con la vida de personas que no pertenecían a su estatus social y con quienes tropezaba casi a diario en su camino. En una ocasión ella y sus amigos, influenciados por los efectos de un poderoso alucinógeno, demostrando que podían cumplir apuestas absurdas que satisficieran su diversión, acabaron con la vida de un joven malabarista que se ganaba el sustento diario en una de las calles más concurridas de la ciudad.

Obligado por la necesidad y recordando que tenía bocas que alimentar, sin imaginarse que un grupo de adolescentes descarriados estaban a punto de llegar a su vida, y no precisamente para aplaudir su actuación, aquel muchachito salió a cumplir con su rutina, igual que todos los días. A pesar de que tenía un lugar fijo en el que solía ir a trabajar, por cosas del destino y argumentando que la competencia estaba fuerte y no dejaba dividendos, decidió que una avenida que conducía a un lugar próspero y exclusivo, sería su nuevo lugar de trabajo.

«No siempre lo que brilla es lo mejor» Las monedas y aplausos que esperaba recibir de un público que hacía alarde de ser generoso y refinado, se convirtieron en una lluvia de insultos repulsivos que hacían referencia al color de su piel. Pese a que el panorama no pintaba nada bien para él, su convicción de que a los problemas hay que enfrentarlos y no huir de ellos, lo hizo desistir de abandonar aquel lugar; para completar su mala racha, Montse había terminado con su novio y andaba con sus amigos celebrando por la ciudad. Antes de que un cuatro por cuatro le destrozase sus piernas, por sus tímpanos se filtraron varias carcajadas e insultos nefastos que echarían por el piso la autoestima de cualquier persona.

Después de que llevaron a cabo ese acto miserable y cobarde, Montse y sus amigos se marcharon de la escena, llevándose en sus sucias conciencias el dolor y el futuro truncado de un jovencito cuyo único pecado fue salir en busca de monedas para alimentar a sus dos hermanos menores, quienes ahora se quedaban sin su proveedor principal, ya que sus padres también murieron como consecuencia de otro conductor irresponsable. Aquel muchachito fue una víctima más de la arrogancia y de la prepotencia de un grupo de ignorantes que pensaban que su riqueza los hacía inmortales.

«Al ver tantas injusticias que a diario se cometen en este mundo, en varias ocasiones me he cuestionado si el poder y el dinero le dan el derecho a una persona de lastimar y de hacer daño a los más indefensos»

Montse, debido a sus influencias varias veces se libró de ser arrestada, pero la tolerancia y la benevolencia del juez celestial se estaban agotando para ella. Días más tarde, debido a su irresponsabilidad y sus deseos malévolos de herir a los demás, la vida hizo que jugaran en su contra, colocándola al borde de la muerte. En ese momento, la persona poderosa e inmortal que decía ser, no era más que un parásito implorando clemencia ante la ira del universo. Fue entonces cuando descubrió que por sus venas no corría la sangre azul que creía tener.

«El verdadero valor de una persona radica en su interior, no en su condición social, económica, racial o en su creencia religiosa; porque no se trata de solo vivir y morir, sino además de vivir para servir y de morir satisfecho por haber cumplido con lo que establece el universo»

Contraria a Montse, cuya vanidad la estaba conduciendo a la perdición, Sara, era la diminuta semilla de mostaza que germinaba en medio de la maleza. La victoria que obtuvo su padre, significaba la luz al final del túnel que la joven tanto anhelaba, pues con ella crecía la esperanza de hacer realidad el proyecto social por el cual venía trabajando incansablemente desde que había llegado de Europa. Dicho proyecto consistía en la construcción de un mega complejo, dotado de múltiples servicios que satisficieran las necesidades de personas de escasos recursos económicos. Pero gracias al interés mezquino y egoísta de sus padres, en espacial de Miguel Ángel, aquel proyecto se quedaría simplemente en el papel.

Una noche, aprovechando que toda la familia estaba reunida cenando en casa, Sara decidió exponer su proyecto, no con la intención de recibir ovaciones ni aplausos, pero sí el apoyo de sus padres, particularmente de Miguel Ángel, ya que de él dependía que dicho proyecto se hiciera realidad o se quedara en el olvido. Como era de esperarse, las buenas intenciones de Sara fueron correspondidas con una actitud pedante y mal

intencionada por parte de la familia, que no solo
le dio la espalda de manera ruin, sino que además
la condicionó para continuar viviendo en su casa.
Esa noche las advertencias para Sara fueron muy
claras, si quería seguir perteneciendo a la familia
Escudero y disfrutando del privilegio de vivir en su
mansión, debía olvidarse por completo de ejecutar
su proyecto y alejarse para siempre de las letrinas,
palabra despectiva, con la que Laura y Miguel
Ángel solían referirse a las zonas humildes de la
ciudad.

«Un tropezón no cuenta como caída, todo aquel
que ha triunfado sabe que los obstáculos y las
barreras, están solo en la imaginación» Aquellas
advertencias le importaron un carajo a Sara, sus
sueños y los deseos insaciables de servir a los más
necesitados estaban por encima del apellido y del
dinero de sus padres, con ello no quiero decir que
la joven les guardara rencor y mucho menos que
los odiara; pese al egoísmo, a la prepotencia, a la
arrogancia y a la ambición de su familia, ella seguía
amándolos a todos por igual, pero las continuas
riñas que empezó a tener con su familia, por haber
hecho caso omiso a las advertencias que días
antes le hicieran sus padres, la hicieron tomar la
decisión de independizarse y de alejarse de una vez
por todas, no de las letrinas sino de la comodidad
y de los lujos a los que estaba acostumbrada.
En respuesta a su resolución, Laura y Miguel
Ángel decidieron cortar definitivamente el apoyo
económico que le daban; pero eso tampoco la

detuvo, pues sus ganas de triunfar y de servir eran tan grades que el universo no estaba dispuesto a abandonarla, y ya tenía un plan bien elaborado para ella. Al igual que fichas de ajedrez, el universo fue colocando a las personas correctas en su camino para que fueran los estandartes hacia su objetivo. Una de las personas que significó mucho en su vida fue Luciana, la muchacha de servicio que trabajaba en la mansión Escudero, quien como muestra de apoyo no solo le ofreció su humilde rancho para vivir, sino que además renunció a su trabajo en la mansión para irse a vivir con su amiga. Otras personas que llegaron a la vida de Sara fueron varios líderes comunitarios y sociales, con quienes logró conformar un gran equipo de trabajo. Pero la persona más importante y la que más influenció en la vida de Sara fue nada más y nada menos que el rival de Miguel Ángel, aquel joven catedrático que su padre apabulló en las elecciones.

En los pocos meses que Sara llevaba fuera de casa, gracias a su carisma y a su actitud sincera, servicial e incondicional, no solo logró establecerse económicamente consiguiendo un excelente empleo, sino que además su círculo de amigos creció notablemente, empezando a estar conformado por personas influyentes que a cambio de nada trabajaban arduamente en pro de su proyecto. Solo hacían falta algunas firmas y algo de presupuesto para que el sueño se Sara se hiciera realidad y la persona que resolvería el asunto, estaba a punto de llegar a su vida.

Juan Emilio Vaqueiro, un joven político de izquierda comprometido con las obras sociales, decidió recibir en su despacho a Sara y a su equipo de trabajo para cumplir con una cita que había postergado en varias ocasiones, no por falta de voluntad, sino debido a compromisos laborales y personales que impidieron llevar a cabo dicha reunión. La razón principal por la que Sara y su equipo de trabajo se encontraban en el despacho de Juan Emilio, era para pedir la ayuda que hacía falta para iniciar la construcción del complejo que contribuyera con la solución de carencias de algunas personas necesitadas. Debido a las influencias con las que contaba Juan Emilio, la ayuda que necesitaba Sara no era nada del otro mundo para él, sin embargo decidió hacerla esperar, con la única intención de volver a verla, pero en un lugar diferente, en el que estuvieran solo los dos, para comenzar un plan de conquista. Sara no puso ninguna objeción, por el contrario se alegró, pues en el fondo también deseaba que Juan Emilio la invitara a salir. La reacción que tuvo Juan Emilio al ver a Sara, fue la que tendría cualquier hombre al ver una mujer hermosa, con un corazón noble y extremadamente inteligente. Debido a su sencillez, Sara era el sueño de mujer que todo hombre moriría por tener; no había duda de que nacieron para estar juntos; bastó solo un cruce de miradas para que sus almas se reconocieran. Cuando se miraron por primera vez, sintieron que ya se amaban de toda la vida, porque sin darse cuenta, ambos llevaban mucho tiempo buscándose mutuamente y a través de una reunión, el universo conspiró para que pudieran encontrarse. A partir de ese día, Sara y Juan Emilio fueron los protagonistas de la más grandiosa historia de amor, sin temor a equivocarme, puedo asegurar que Shakespeare habría deseado estar vivo para narrar dicha historia.

Laura y Miguel Ángel, únicamente pudieron cortar el apoyo económico que le daban a su heredera, pues sus ganas de vivir, su sinceridad, su honestidad y sus deseos fervientes e incondicionales de servir, quedaron completamente intactos; fue por esa razón que la vida la recompensó haciéndola inmensamente feliz, con un buen esposo, dos hijos adorables y amigos leales e incondicionales, pero lo mejor era que sus sueños se estaban haciendo realidad, ya que contra todas las adversidades, Sara estaba dando inicio a la construcción del tercero de cinco edificios que tenía pensado realizar en diferentes puntos de la ciudad para garantizar el bienestar de la gente más necesitada. Su labor social y humanitaria la posicionó entre las personas más reconocidas de toda la urbe, era amada y respetada por aquellos que pese a sus riquezas, conocían el significado de la humildad y de la generosidad, pero también era odiada por aquellos que solo buscaban satisfacer sus propios intereses, entre los cuales figuraba su padre, quien llegó a despreciarla por haberse casado con su enemigo, pues los únicos deseos que tenía hacia su niña, eran los de verla fracasar. La rabia y el remordimiento que sentía Miguel Ángel, se estaban convirtiendo en una pesadilla para su hija, ya que directa o indirectamente, él siempre estaba involucrado en cualquier tropiezo que sufriera Sara. Su obstinación por hacerle daño empezaba a jugar en su contra, debido a que ahora no estaba sola, pues su esposo era Juan Emilio, con quien Miguel Ángel tenía una cuenta pendiente, y aquello solo sería la punta del iceberg que más tarde hundiría al Titanic.

VII

«Cruzando nuevamente la invisible pero bien definida línea de las clases sociales, allí donde la pobreza y la miseria son las promesas olvidadas de todo buen político, allí donde el olvido de unos hizo crecer la fe y la esperanza de otros que siguen soñando con un nuevo amanecer, allí donde la palabra tiene más importancia que un sucio discurso presidencial, y donde la única ley es la del plomo»

Durante los meses posteriores a la muerte de Matías, alias el gato, la situación en el vecindario La Rosa se volvió caótica, debido a las constantes lluvias de plomo que se volvieron costumbre en cada atardecer, un aire de zozobra e incertidumbre, empezó a reinar en todos los residentes del lugar, que en cada crepúsculo se atrincheraban en la seguridad de sus hogares para que la santa muerte no los sorprendiera. La soledad acompañada por un silencio sepulcral, eran los únicos que deambulaban por las calles poco después de las seis de la tarde. El culpable de todo ese caos, era

Sebastián, su obsesión por vengar la muerte de su amigo lo estaba convirtiendo en un desalmado, como si no hubiera sido suficiente con el dolor que sintió su madre al parirlo, con todas las noches de angustia que la hizo pasar y con el abrazo que le negó en su agonía. El luto que debía llevar por respeto a su progenitora, lo superó con algunas lágrimas en una noche de copas y planificando estrategias para llevar a sus amigos a una guerra sin sentido, la que por cierto ya había cobrado varias víctimas. Su necedad por creer que todos los problemas se resuelven con violencia, le hizo olvidar el verdadero concepto de lo que es ser un líder, pues sin darse cuenta poco a poco se estaba convirtiendo en un dictador, pero eso era algo que no le incomodaba en lo más mínimo a su ejército compuesto por holgazanes sin porvenir, que optaron por adquirir fama apretando gatillos y no mediante buenas acciones y buen comportamiento como lo hacen los hombres de bien.

Gracias a un minucioso y exhaustivo trabajo de espionaje, que permitió elaborar un cronograma bien detallado de la rutina perezosa, sedentaria y facinerosa que llevaban el Conde y cada uno de sus hombres, Sebastián dictaminó que el amanecer del veinte de julio, él y su gente llevarían personalmente un desayuno cargado de pólvora y plomo, para servírselo en la cama al enemigo. Escogió esa fecha, porque quería llevar al Conde a las garras de Renata, alias la pantera, como regalo de cumpleaños. En esa ocasión ella no refutó la decisión de Sebastián como lo hizo anteriormente, al contrario ahora era la más interesada en acabar con dicho criminal. Luego de muchos años el universo por fin puso en su camino a uno de los sujetos que desgraciaron su vida, razón por la cual la hora de ajustar cuentas había llegado.

Un domingo por la tarde, de un mes de mayo cuando se celebraba el día de las madres, Renata acudió a otra de sus citas clandestinas con el Conde para recibir órdenes y a su vez ponerlo al tanto de lo que estaba aconteciendo en el vecindario La Rosa, principalmente con Sebastián. Sin sospechar que aquel encuentro abriría el baúl que encerraba su pasado tormentoso, ella se preparó para cumplir con esa cita como siempre lo hacía. Vistió uno de sus provocadores trajes negros, el cual se amoldaba a su deslumbrante figura, resaltando la majestuosidad de unas curvas prominentes y llenas de seducción perfectamente esculpidas por el artista celestial, las cuales eran la causa de un delirio desenfrenado, de un insomnio empapado y de una lujuria agobiante, de muchos desafortunados que no podían alcanzar su amor, y que se conformaban con observarla de lejos para luego crear en sus memorias una imagen censurada y prohibida que los ayudara a autosatisfacerse de sus deseos reprimidos. A parte de ese traje provocativo que perturbó la imaginación de más de uno, Renata se sujetó en su brazo derecho aquel objeto ordinario que la vinculaba a su pasado, pero esta vez más descubierto que las veces anteriores.

El saludo con el Conde fue sin formalidades ni protocolos, puesto que llevaban muchos años trabajando para la misma organización y recibiendo órdenes del mismo jefe, por lo que terminaron siendo grandes amigos, y su saludo no estaba exento de códigos de calle. Sin embargo por ironías de la vida, aquel saludo significó el fin de una gran amistad y de una larga sociedad, y el principio de una venganza despiadada que una vez más sobrepasó los límites de todo comportamiento racional.

La razón principal por la que se efectuó dicho encuentro, quedó relegada a un segundo plano por el desesperante interés que despertó en el Conde el objeto que Renata llevaba en su brazo. Como la mirada de un buitre a la carroña, sus ojos se posaron en dicho objeto en el instante del saludo, y como si el corazón estuviese bombeando nitrógeno líquido en vez de sangre, sus cuerpos sufrieron un repentino bajón de temperatura, lo cual apretó el botón de reversa del proyector de imágenes incrustado en sus cerebros. En menos de un segundo miles de recuerdos desbordaron en sus cabezas, haciendo que la intriga se apoderara de cada uno de ellos. El Conde por saber la procedencia de aquel objeto y si era el mismo que había perdido hacía varios años, y Renata por saber si había dado con su verdadero dueño.

-Muy interesante tu brazalete, pero se ve muy anticuado y ordinario para que lo luzca una mujer como tú -dijo el Conde bromeando.

-A pesar de que es horrible, le he tomado muchísimo cariño -respondió Renata echándose a reír, tratando de controlar sus emociones.

-¿Cómo lo obtuviste? -preguntó el Conde.

-Lo conseguí en una tienda de baratijas, me pareció interesante y decidí quedarme con él -contestó Renata.

Hasta ese punto de la conversación, si el Conde se hubiera dejado llevar por su sentido común y no por su curiosidad, habría alargado su existencia por un tiempo más.

-Yo tenía uno igual, pero lo perdí en una misión que me encomendó el patrón -volvió a decir el Conde, mientras pedía a Renata que se lo quitara para mirarlo detalladamente.

La expresión de asombro mezclada con felicidad que cubrió su rostro, cuando miró que aún conservaba una marca personal que él mismo había hecho, le dio a Renata la prueba crucial que necesitaba para saber que su búsqueda había concluido. Irónicamente la vida nuevamente los colocó frente a frente, pero en esta ocasión en situaciones distintas. El Conde al pedirle a Renata que le regresara su brazalete, acababa de firmar su propia sentencia.

-Si te pertenece, con gusto te lo regresaré, pero será el 20 de julio, esa es una fecha muy especial para mí, y te aseguro que también lo será para ti cuando lo tengas en tus manos -respondió Renata, antes de marcharse.

Por su parte el Conde sin tener idea de que su más preciado tesoro lo acababa de delatar, ni de que el pasado había regresado a cobrarle una deuda pendiente; eternamente agradecido con su mejor amiga porque por ella estaba a punto de recuperar su querido brazalete, no pudo ocultar la emoción, la tomó en sus brazos y la apretó fuertemente; abrazo que Renata más tarde habría de recordar ya que fue uno de los más sinceros que recibió en su vida. Sin duda ese brazalete debió tener un gran significado para él, porque desde ese mismo instante no había un solo día que no marcara en el calendario, esperando con ansias la fecha del recibimiento. Lo que el Conde no sabía, era que al hacer aquello solo estaba restando días a su existencia, ya que por medio de un juego de palabras y en su propia cara, Renata había fijado la fecha para su ejecución.

« Definitivamente la vida es como una caja de sorpresas, nunca se sabe qué habrá dentro» Al enterarse de que el Conde era el verdadero dueño del objeto que guardó por tantos años, el mundo se vino abajo para Renata. De rodillas y bajo una lluvia torrencial que la sorprendió en el camino de regreso a casa, por medio de un grito cuyo eco retumbó en cada rincón de la ciudad, la joven descargó años de odio y de rabia reprimida, mientras vociferaba improperios extraídos de un vocabulario marginado y censurado por su alto contenido de indecencia, nada digno de una dama.

Renegó con toda su ira, reclamando enérgicamente a la vida por haberla puesto en esa situación. La mujer despampanante, fuerte y la que parecía no doblegarse ante nada ni ante nadie, empapada de lágrimas y de lluvia, de repente se volvió sumisa, inofensiva y hasta más vulnerable que cuando era niña. De cierto modo su reacción fue justificada, porque simplemente no podía concebir que su mejor amigo, con quien vivió momentos inolvidables y quien la rescató de la muerte en varias ocasiones, fuera uno de los asesinos de su familia y uno de los bastardos que robó su inocencia cuando ella apenas tenía doce años.

-Amigos puedo conseguir en cada esquina, pero a mi familia y mi dignidad nadie me las devolverá -exclamó Renata, furiosa mirando al cielo y recordándose a sí misma que su juramento no sería en vano.

Seguido de ello, mandó a la mierda su conciencia, absorbió todo el odio que había expulsado, arrancó con rabia el dichoso brazalete que llevaba puesto y no volvió a saber de él sino hasta la fecha que fijó para su entrega. A partir de ese día, los encuentros de Renata con el Conde se hicieron constantes y cada vez con cierto grado más de confianza. Como si fuera una espía profesional, haciendo uso de sus encantos y aprovechándose de la amistad que mantenía con él, astutamente poco a poco fue infiltrándose hasta el rincón más secreto de su guarida, al punto de conocer con exactitud todos los movimientos tanto del Conde como de cada uno de sus secuaces. Puesto que se trataba de uno de los hombres de confianza del Camaleón, liquidarlo sin llegar a desatar la furia de este, requería de gran precisión, por tal razón, en sus planes no podía caber el error. Al vivir en su mismo vecindario y convertirse en su cómplice, Renata era todo lo que Sebastián necesitaba para acabar con su enemigo; para entonces el amor entre ellos había florecido como florecen los guayacanes en enero y las amapolas en un campo fértil. Por fin el corazón de piedra de una fiera llena de odio, pudo ser doblegado por las galanterías, por los detalles y por la ternura escondida en un hombre que parecía saber más de calibres y de marcas de armas, que de cosas del corazón, pero quien con la llegada de la musa de su inspiración, no tuvo más remedio que dejar salir al poeta empedernido que llevaba dentro. Los secretos de cada uno expuestos sobre la mesa, pero sobre todo los de Renata, fueron la puerta que dejó entrar al amor en pleno tiempo de guerra. El cariño, pero especialmente el amor que tanto anhelaba ella, terminó encontrándolo, por cosas de la vida, en su enemigo. Era la primera vez que un hombre se fijaba en ella no como un trofeo de colección, sino como el ser excepcional y como la mujer maravillosa capaz de amar sin condiciones, que estaba escondida dentro de tanto odio, y que Sebastián pacientemente y con mucha ternura se dio a la tarea de descubrir. Por esa razón Renata no solo le entregó su amor, sino que también abrió su corazón por completo y decidió sacar a flote todos sus secretos, sin dejar nada escondido, lo cual fortaleció aún más su relación convirtiéndola en inquebrantable. La noche anterior al veinte de julio, en medio de una pasión desenfrenada. Renata y Sebastián aparte de jurarse amor eterno, acordaron deponer las armas una vez que hubieran acabado con el Conde, para marcharse lejos y empezar una nueva vida juntos. Lo que Renata y Sebastián desconocían, era que aquel veinte de julio no se daría el fin de una venganza, sino el inicio de ella.

«Mientras más grande el pez, más grande debe ser la carnada» A raíz de la muerte de María Cristina a manos de los socios de Laura, nuevos oficiales se sumaron al equipo de investigación del agente Cristian Miranda; entre ellos figuraba o mejor, sobresalía, Alexandra Carmona, una joven agente que dos meses antes se había incorporado a la policía. En los pocos años que llevaba ejerciendo su carrera como agente del orden, se hizo merecedora a varios reconocimientos y condecoraciones, por haber puesto bajo la sombra a algunos de los pesos pesados de la delincuencia. Por su hoja de vida que no daba abasto para enumerar sus logros, y por su capacidad de persuasión, fue elegida como la más idónea para llevar a cabo una misión importante. Los encantos y la belleza de una mujer, eran la única llave que podía abrir la puerta para entrar a la fortaleza blindada de la distinguida dama de hierro, y

la agente Alexandra, cumplía con todos los
requisitos.

Laura totalmente convencida de que la muerte
de María Cristina había pasado a formar parte
de los archivos del olvido como una lamentable
tragedia y que era cosa del pasado, continuaba
enviando a las niñas supuestamente a prepararse
fuera del país, de hecho, cada vez lo hacía con
mayor frecuencia. Lo extraño era que de todas
las niñas que salían, hasta la fecha ninguna había
regresado convertida en súper modelo como ella
lo había prometido. La única que regresó, lo hizo,
no convertida en modelo, sino como encomienda
dentro de una caja de madera y con sello de
remitente y destinatario, ella fue María Cristina,
del resto de las niñas no se sabía absolutamente
nada; la encargada de averiguar sobre sus
paraderos era precisamente la agente Alexandra
Carmona, quien estaba a punto de iniciar la misión
más importante de su carrera y de su vida.

Una tarde de viernes poco antes de culminar
el día, la sonrisa y la mirada encantadoras de
una mujer hermosa que apareció de repente en
la oficina de Laura, fueron los analgésicos que
ayudaron a sofocar por un instante el intenso
dolor que llevaba en su corazón; un dolor que ella
misma se provocó al enamorarse perdidamente
de un amor imposible. La joven que llegaba, era
la agente Carmona quien había ido a la academia
de Laura, para solicitar el empleo que días antes
había sido publicado en la prensa. La presencia

de la agente despertó cierto interés en Laura, quien dedicó gran parte de su tiempo a indagar en su hoja de vida, cosa que no había hecho con las aspirantes anteriores a quienes una por una fue rechazando, ya fuera porque no cumplían con los requerimientos o simplemente porque no eran de su agrado. Un léxico enriquecido, su facilidad para comunicarse y un currículo ficticio, pero cien por ciento convincente, extraído de las mejores revistas, desfiles de moda y de todo lo que estaba en boga, fueron la clave para que la agente se convirtiera en la nueva instructora de la academia de Laura. Hasta ese punto, el plan de los agentes había resultado todo un éxito, ahora era solo cuestión de esperar que el águila desatendiera su nido, para robar a sus polluelos.

Por otro lado, el agente Miranda conjuntamente con su equipo, fraguaba otra misión sumamente peligrosa, pero esta vez para ir detrás del Camaleón. Al tratarse de una tarea arriesgada, el encargado de ganarse los honores, si antes no lo eliminaban, era el detective Benjamín Escalada, otro de los nuevos agentes integrado al equipo elite de la policía.

-En toda cacería, además de trampas, carnadas y perros de caza, la astucia debe prevalecer -decía el agente Miranda. Y tenía toda la razón; la escasa información que poseían las autoridades con respecto al delincuente, apodado el Camaleón, obligaba a los agentes a optar por otras alternativas para dar con él y para llegar hasta su madriguera;

una de ellas era persiguiéndolo en su habitad por medio de uno de sus perros de confianza, y los agentes ya tenían el candidato perfecto.

Después de todo el Conde, no era tan astuto como parecía, pues no solo cayó como un niño en las garras de Renata, sino que además permitió a las autoridades dar con su paradero y vincularlo directamente con el criminal que ellos buscaban, el Camaleón. Sus errores y metidas de pata, que fueron muy evidentes en cada una de sus fechorías, contribuyeron a que los agentes dieran con su guarida, y al igual que a Laura, también estaban a punto de visitarlo.

-¿Quién es ese tipo, y qué hace aquí? -empezaban a cuestionarse intrigados algunos de los residentes del vecindario La Rosa, que se levantaron con el alba para dar inicio a una nueva semana de actividades.

Tal como suelen hacer los editores de prensa amarillista, quienes un simple rumor lo convierten en el encabezado del día, sin antes comprobar su veracidad; con la rapidez con que el fuego consume un cerillo, aquel rumor se propagó por cada rincón del vecindario hasta llegar a oídos del ampón que controlaba cada centímetro del lugar. Al igual que todo cobarde que se siente poderoso cuando la ventaja en número se inclina a su favor, el Conde junto a sus hombres salieron a recibir, o más bien a averiguar quién era el extraño que se atrevía a interrumpir sus sueños mañaneros. La apariencia intimidante que logró un meticuloso maquillaje y la magistral caracterización de un sicario al que le daba lo mismo morir que vivir, evitaron que el agente Benjamín Escalada se convirtiera en el primer alimento del día de una manada de hienas hambrientas que salieron dispuestas a descuartizarlo. Con la llegada de dicho agente al vecindario La Estrella, las autoridades anotaron otro punto importantísimo a su favor, pues en menos de setenta y dos horas, lograron infiltrar a sus mejores agentes dentro de las dos organizaciones delincuenciales más poderosas de la región.

Con ello se simplificaba enormemente el trabajo del agente Miranda y de sus colegas de la D.E.A, quienes concentraron sus esfuerzos en desmantelar algunas de las rutas que el Camaleón usaba para transportar sustancias prohibidas. Los operativos realizados por el departamento de antinarcóticos, liderados por el agente Miranda y sus colegas internacionales significaron una bofetada humillante para el Camaleón, que no solo perdió a varios de sus hombres, sino que corría el riesgo de que estos olvidaran su pacto de lealtad y decidieran venderlo a las autoridades. En respuesta a esa humillación el criminal apodado el Camaleón, triplicó el valor que había puesto a la cabeza del agente Miranda, quien literalmente se convirtió en la gallina de los huevos de oro para varios sicarios que buscaban obtener tan jugosa recompensa; pero ello no intimidó al agente que no iba a darse por vencido, ni a descansar hasta no erradicar toda esa escoria de la sociedad. La idea de infiltrar agentes a la madriguera de los pillos, pese a ser muy arriesgada, fue la mejor decisión que tomaron las autoridades. El trabajo de los agentes infiltrados ya empezaba a dar resultados, sobre todo el de la agente Alexandra Carmona, pues en poco tiempo logró ganarse la confianza de Laura, y lo que estaba por descubrir, dejaría estupefactos a todos los oficiales involucrados en el caso.

VIII

«Con respecto a lo concerniente al amor, hay que vivirlo para sentir su efecto, el hecho de que Cupido fleche a dos corazones no significa que todo vaya a ser color de rosa. El que entrega todo y se enamora siempre lleva las de perder» Cesar Augusto era uno de esos casos, por su aire de casanova y de don Juan, fue el primero en sufrir las consecuencias que conllevaba amar a Consuelo Flores, de cierto modo ese era el precio que debía pagar por el privilegio de tener el amor de una reina.

La figura perfecta de una sirena de mar, complementada con la hermosura de una diosa del olimpo alteraron las hormonas y a la vez activaron las tácticas de conquista de varios individuos, que uno a uno fueron sintiendo el dolor del rechazo de un amor que estaba lejos de su alcance. La causante del comportamiento animal de varios sementales, que ardían y deliraban por sentir la tesitura de una piel que invitaba al pecado, era nada más y nada menos que Consuelo Flores, la noche en la que conoció a Cesar Augusto. Para demostrar al resto que era el único que merecía una mujer con esas cualidades, sin imaginarse que su osadía, más tarde sería cobrada con lágrimas, el joven decidió poner a prueba toda su artillería de seducción con el fin de conquistar a Consuelo. Mientras que aquel galán casanova, dibujaba en su mente un futuro a largo plazo con su nuevo amor, su doncella evaluaba de qué manera podía sacarle provecho a esa relación.

El romance entre ellos, de inmediato acaparó la atención de su entorno, convirtiéndose en el tema para hablar de la afamada prensa rosa; no era para menos, puesto que los protagonistas de aquella historia no eran Panchito y Juanita, sino nada más y nada menos que Consuelo Flores y Cesar Augusto Montenegro. Ella, una de las modelos más reconocidas del país, imagen exclusiva de importantes firmas comerciales y representante principal de la academia de Laura Escudero. Él, un joven empresario e hijo de uno de los matrimonios más poderosos y acaudalados de la región, y si esa no era razón suficiente para hablar de él, su noviazgo con Consuelo Flores le daría un matiz diferente a su popularidad, particularmente entre las damas que trataban de conquistarlo a como diera lugar, no por ser apuesto y galán, sino por competencia y vanidad, para demostrarse a sí mismas que eran capaces de ganarle por lo menos una vez a Consuelo. El romance que muchos pronosticaron que perduraría por toda la eternidad, duró exactamente un año y tuvo consecuencias desastrosas.

-¡Maldito cupido y maldito el amor! -exclamaba Cesar Augusto, moribundo y derrotado, sumido en la soledad y perdido en el vacío inmenso de su habitación, la cual terminó convirtiéndose en su propio purgatorio.

El hombre que se jactaba ante sus amigos de ser inmune al dolor del desamor, a aquel que cambiaba de pareja cada vez que le daba la gana, por medio de Consuelo, la vida estaba haciéndole tragar sus propias palabras y cobrándole con intereses cada una de las lágrimas y el dolor que provocaron sus falsas promesas. El hombre que se sintió omnipotente cuando conquistó el amor de Consuelo, poco a poco estaba convirtiéndose en una miseria humana, condenada a podrirse con el paso del tiempo, encerrado entre cuatro paredes que fueron el testigo silencioso de sus lamentos y de su dolor.

-El hombre es la parte inservible del pene, pues solo sirve para complacer todos nuestros caprichos y para sofocar nuestras calenturas. ¿Por qué conformarse con un solo payaso si se puede tener a todo el circo? -fueron las palabras maliciosas y perversas con las que Consuelo dio la estocada final a un hombre que lo único que hizo, fue amarla.

En pago de ese amor, no conforme con corresponder con infidelidad y con desprecio, Consuelo fue la causante de la humillación que

escribió un capitulo negro en la vida de Cesar
Augusto. Precisamente una noche de noviembre,
en la fecha en la que el calendario indicaba el
primer aniversario y a la vez el final de una
relación algo sui-generis, que empezó como un
maravilloso cuento de hadas entre la cenicienta
y su príncipe azul, en la que el dominante pasó a
ser el dominado y la hermosa princesa resultó ser
la bruja mala del cuento; Consuelo como siempre
sacando a relucir sus encantos y los atributos
físicos que heredó de su madre, los mismos que al
ser complementados con una malicia indescifrable
hacían de ella la trampa en la que todo hombre
deseaba caer; exactamente como había sucedido
un año atrás, llegó acompañada por Laura a la
recepción que Cesar Augusto había organizado en
su honor, para celebrar su primer aniversario, y
también porque quería aprovechar aquella ocasión
especial para pedir a Consuelo que fuera su
mujer, pero esa vez bajo las leyes tanto terrenales
como divinas, poniendo a sus amigos y a todos
los invitados como testigos de dicho momento
tan memorable. Sin embargo, lo que estaba por
suceder, acabaría con la vida de un hombre que
por primera vez se convenció de que el amor es el
camino más seguro hacia el dolor.

El amor tan grande que Cesar Augusto llegó a
sentir por Consuelo, colocó una venda en sus ojos
que le impidió ver la realidad, pues solo veía lo
que su corazón le permitía. Lo que trato de decir
con esto, es que Cesar Augusto era el único que

no quería admitir que su amada Consuelo había estado con él solo por interés y que al no contar con más fondos para continuar costeando su fastuoso amor, al igual que todos, él también se convirtió en un objeto desechable para ella.

«La mujer es el complemento y la salvación de un hombre, pero en determinados casos también puede ser la perdición» Mientras la bonanza de este joven empresario, le permitía llenar de regalos costosos y caprichos innecesarios el vacío de su adorada Consuelo. Ella lo llevaba de la mano a pasear por el mismo cielo, pero cuando la escases empezó a tocar su vida. Ella simplemente cerro ese capítulo y empezó a escribir uno nuevo, con alguien que estaba dispuesto a seguirla complaciendo. El amor lujurioso y materialista de Consuelo, no solo llevo a la banca rota a Cesar Augusto, sino que lo convirtió en el enemigo de su propia familia. Al no contar con más presupuesto que permita satisfacer las exigencias y excentricidades de su lujoso amor. La vergüenza y la dignidad de Cesar Augusto tocaron fondo, al convertirse en una sanguijuela que estaba robando a su propia familia. Todo para complacer a una bella idiota sin alma, sin corazón y sin sentimientos que en agradecimiento, alargo el dolor y acorto la vida de quien fue su primera víctima.

El ego, la vanidad y a eso sumado las clases de arrogancia, ambición y odio hacia los hombres que impartía su brillante maestra Laura. Fue el martillo que destrozo el cascaron invisible de la decencia y la moral, en el que su padres encerraron a Consuelo. Al no estar más ellos, poco a poco estaba dejando salir su verdadera esencia, al punto de que su reputación estaba adquiriendo más peso que su misma carrera de modelo. El titulo improvisado que sus amantes escogieron para identificarla, el cual describía su personalidad en dos palabras. Más tarde en el día de su coronación como soberana de Aránzazu, se dio a conocer oficialmente.

-Hace falta más que una cara bonita y un apellido prestigioso para que yo permanezca a tu lado, mi amor vale mucho más que eso. Tú ya no estás en capacidad de satisfacer mis necesidades -respondió Consuelo, con una frialdad espeluznante en el momento en que Cesar Augusto se arrodilló ante ella para pedirle matrimonio.

Como si no hubiese bastado con las espinas, por medio de palabras maliciosas y perversas que susurró a su oído, agregó el peso de una cruz al dolor de ese hombre. No sé qué provocó más dolor en aquel amante desafortunado, si el rechazo de la mujer a la que amaba o la humillación de la cual fue protagonista. Lo cierto es que aquella noche de noviembre, la imagen misma de la derrota que yacía en posición fetal, sobre el mármol gélido y pétreo de un lujoso salón de recepciones, fue el blanco de todas las miradas que se encontraban en dicho lugar, las cuales una a una fueron clavándose como dardos envenenados sobre la

humanidad moribunda de un individuo que pagó
las consecuencias de haberse enamorado; algunas
de esas miradas mostraban compasión, otras
lástima, y aunque parezca inhumano e insensible,
también hubo alguna que saltara de felicidad por la
desgracia y el dolor de aquel casanova.

Como si la ironía de la vida, hubiese
compaginado con Laura para reprender a Cesar
Augusto por haberle arrebatado el amor de
Consuelo, un año después, irónicamente en el
mismo lugar, en la misma fecha y casi a la misma
hora, la vida recreó de nuevo una escena similar
a la vivida por Laura, pero la relación se daba
entre un hombre y una mujer plenamente libre y
aprobada, tanto por la sociedad como por el poder
supremo y no debido a un amor reprimido y de
closet que era el que ofrecía Laura, aquella vez
quien llevó la peor parte fue Cesar Augusto.

Laura, la imagen viva de la hipocresía,
tomándose un minuto para digerir las carcajadas
que se quedaron atrapadas en su estómago, fue la
primera en acercarse a consolar a su "amigo". El
dolor no intencional que Cesar Augusto había
provocado en Laura un año atrás, fue igual de
intenso al suplicio que él estaba sintiendo en ese
momento, lo cual se vio reflejado en la manera en
la que ella procedió a levantarlo del lugar en el que
yacía.

-Esto no se compara en nada con los días de
sufrimiento que viví por tu culpa, maldito, perro
es hora de que sientas lo que yo sentí -murmuraba

Laura en su interior, llena de júbilo, tratando de aguantar la risa que le causó la escena, al mismo tiempo que transmitía todo el odio y el remordimiento que sentía hacia él, por medio de un abrazo que ante la vista de los demás, pareció el más sincero del mundo.

Consuelo sin hacer uso de ningún arma, causó una herida mortal en el corazón de su amante, pues desde aquel día se extinguió la vida para Cesar Augusto, y el hombre emprendedor, divertido, aquel que solía enamorar a las mujeres por simple diversión o por mostrar su hombría, se convirtió en un vagabundo solitario del tiempo, confinado en el vacío infinito de una habitación, en la cual la soledad y los recuerdos fueron su única compañía. Desde ese instante, su ausencia se convirtió en la peor pesadilla y en desespero para todos aquellos que verdaderamente lo amaban; quienes, varios meses más tarde lo ayudaron a liberarse de la opresión de las cadenas de la soledad y del abandono, a las que el mismo decidió enredarse; pero su libertad le sirvió únicamente para llegar al destino paraíso, el portal del cielo en la tierra, al cual solo pueden entrar los muertos.

Una habitación convertida en cripta, un aire polvoriento envejecido y putrefacto, cientos de calendarios mutilados con sus páginas de noviembre pegadas a la pared atravesadas por una daga sobre el nombre de Consuelo, una botella de vino tinto Cabernet Sauvignon sin abrir, un girasol fosilizado que aún conservaba su aroma y miles de alimañas haciendo un festín con las células, los tejidos y con el ADN de un cuerpo ya sin alma, que antes de Consuelo gozaba del milagro de la vida, fue la imagen más triste y aterrorizante que habrían de recordar por el resto de sus vidas, los amigos y en especial el padre de Cesar Augusto, ya que fue quien descubrió a su primogénito y único heredero convertido en polvo. Si Consuelo pensó que su capítulo con Cesar Augusto terminaba con su muerte, estaba completamente equivocada, pues la obstinación de Cesar Augusto padre, por conocer a la causante de que su hijo hubiera tomado la determinación de adelantar su viaje a la eternidad, abrió una página en blanco en su vida, aquella que sería escrita con tinta del corazón.

IX

«No hay nada que el dinero no pueda comprar, que mejor ejemplo que el traidor que vendió a su maestro por treinta miserables monedas» Gracias a las cantidades astronómicas de dinero que a diario ingresaban a sus cuentas, producto de los negocios clandestinos e ilegales, el Camaleón no solo contaba con treinta monedas en su poder, sino que poseía millones de papeles verdes destinados a comprar la conciencia y la honestidad, no solo de ciudadanos comunes, sino además de algunos canallas que juraron lealtad y compromiso a sus instituciones en el momento en el que fueron puestos en sus cargos. Debido a la puta corrupción que se convirtió en el cáncer de esta sociedad, el Camaleón contaba con perros de servicio, inclusive más allá de sus fronteras. Los operativos efectuados meses antes por el agente Miranda y sus colegas, avivaron la ira de ese criminal que sin el menor reparo se dio a la tarea de eliminar a todos los traidores que pudieran delatarlo, obligando a que las autoridades tuvieran que empezar desde el principio. Aquello se estaba convirtiendo en una jugarreta entre el gato y el ratón, en la cual el roedor estaba adquiriendo gran ventaja sobre su contendiente, al punto de cometer las fechorías en sus narices y con su aprobación.

Entre tanto los agentes agotaban todos sus esfuerzos, para dar con el paradero de otro cargamento repleto de la sustancia blanca, conocida también como el elixir de los infelices o el oro blanco de los inescrupulosos, que ya había zarpado días entes, bajo su propio consentimiento. El Camaleón se daba el lujo de organizar una gran recepción para celebrar su reciente golpe y a la vez para recibir a sus colegas provenientes de la tierra del tequila y el nopal, quienes llegaron al país, representando a sus patrones, buscando limar asperezas y negociar ciertos detalles que habían debilitado la relación entre ellos. Lo que empezó como una celebración tranquila y un gran recibimiento por parte del Camaleón hacia sus invitados, terminó con la ejecución de tres de ellos y con un mensaje hostil grabado a punta de navaja en el cuerpo de los otros dos.

Las clausulas dominantes y autoritarias, establecidas por sus colegas del norte, que ofrecían sus rutas a cambio del cincuenta por ciento de las ventas netas del producto, significaron un gran insulto para el Camaleón, quien se sentía tan ofendido, que aquella injuria la comparaba con un tipo que llega a su casa, hace el amor con su mujer, en su propia cama, en su presencia y luego se marcha muy campante fumando un cigarro y bebiendo el mejor de sus vinos.

-¡Él único que da las ordenes y que pone las condiciones y las reglas, soy yo! Ningún perro hijo de puta va a venir hasta mi casa a decir lo que debo hacer -respondió el Camaleón sumamente iracundo, antes de dar la orden de ejecutar a tres de sus invitados e imprimir su respuesta en la piel de los otros dos.

«A veces la vida pone pruebas muy complicadas, las cuales obligan a tomar decisiones que van en contra de todo principio» Precisamente el hombre que se había infiltrado en la organización delictiva para atrapar criminales y asesinos, se convirtió en uno de ellos, al apretar el gatillo que segó la vida a uno de los tres tipos. La manera cruenta e implacable con la que el agente Escalada, ayudó al Conde a llevar a cabo algunas de las felonías, pese a que fueron delitos sin mayor relevancia, bastó para ganarse su confianza. Durante el tiempo que el agente llevaba viviendo en el vecindario La Estrella, había fomentado una gran relación, con el Conde, razón por la cual este decidió llevarlo a la fiesta, para presentárselo al Camaleón y para que fuera él quien le asignara un cargo dentro de la organización. Aquella era la oportunidad perfecta que estaban buscando las autoridades, por fin uno de sus agentes estaba a punto de conocer la verdadera identidad del criminal que tenía a todos en zozobra, pero para ello debía superar algunas pruebas.

Luego de varias horas de recorrido, viajando a ciegas con los ojos vendados y dentro de la cajuela de un automóvil, el Conde y el agente Escalada llegaron a un palacio en medio de la nada. La excesiva ostentación y excentricidad, delataban el derroche monetario en dicho lugar, que mirado desde otra perspectiva, parecía una lámina de oro brillando en medio de un terreno fangoso y olvidado. El Conde era el quinto hombre en la cadena de mando, obviamente después del Camaleón, motivo por el cual el agente Escalada, al llegar con un líder alfa, fue aceptado de inmediato sin ningún aspaviento por el resto de la jauría.

La fiesta estaba dividida en dos secciones, una destinada para los empleados y colaboradores y la otra para la cúpula, de modo que los únicos que conocían la verdadera identidad del Camaleón, era un número determinado de personas, entre ellos el Conde, quien además fue el encargado de elegir a los verdugos que aniquilarían a los insolentes, que se atrevieron a levantar la voz a su patrón.

-¿Quieres impresionar al patrón? Lo único que tienes que hacer es atravesar una bala en la cabeza de una de estas ratas -dijo el Conde al agente Escalada, al tiempo que le hacía entrega del arma homicida.

Durante el minuto en el que el agente tardó en tomar el arma, apuntar a la cabeza de uno de los individuos y apretar el gatillo, por su mente transcurrió casi una década de recuerdos, lo cual desató una tempestad en su interior. El miedo escapándose por sus poros, su piel enchinada como la de un pollo dentro de un frigorífico, el repentino descenso de su presión arterial y la eliminación involuntaria de ciertos fluidos corporales, indicaban claramente que el agente no estaba preparado para afrontar una situación de esa magnitud; a partir de ese instante, el éxito de su misión y el salvar su pellejo, estaba batallando en contra de su conciencia y de la orden que le fue asignada.

La imagen del pasado que retumbó en su memoria y despertó su lado sensible, fue la de una escena parecida a la que estaba viviendo en ese momento, pero con los papeles invertidos; es decir a quien ahora sería el verdugo, años atrás, el amor lo había salvado de ser ejecutado. Posterior a cumplir su servicio militar, a sus veinticuatro años, el agente se enroló a las fuerzas especiales para cumplir su sueño de ser un gran espía. Por sus destrezas y sus habilidades fue entrenado para llevar a cabo misiones encubiertas, las mismas que al ser consideradas peligrosas, se efectuaban en completa reserva. Precisamente en una de esas misiones, él y dos de sus compañeros fueron capturados por un grupo subversivo, que los mantuvo cautivos por varios años, en condiciones infrahumanas que sobrepasan todo límite de la imaginación. Luego de años de torturas y de maltratos, al no lograr obtener ninguna información de su parte, sus captores ordenaron ejecutarlo. La encargada de hacerlo, era María del Pilar Capote, una joven universitaria, que decidió cambiar sus estudios, su carrera prospera y su buen vivir, por armas de guerra y por un hogar en medio de la selva, solo por seguir sus ideales. Durante el cautiverio, ella era la encargada del cuidado del agente, lo que dio paso a una maravillosa historia de amor entre el prisionero y su centinela.

«Las cosas mágicas del amor, no tienen tiempo ni lugar determinado, pues ese es el único sentimiento que puede poner fin a una guerra y hacer amigos a los enemigos; pero para disfrutar a plenitud de su magia, se requiere de cierto sacrificio» María del Pilar Capote, resolvió incrustar la bala que estaba destinada para el agente Escalada, en la cabeza del colega que se hallaba junto a ella velando por que la ejecución se llevara a cabo según las normas establecidas por sus líderes subversivos. En ese momento ella se olvidó de sus ideales y se embarcó en una batalla encarnizada con sus colegas, todo por salvar la vida del hombre que le mostró el paraíso en medio del infierno. Por cumplir la misión que le fue encomendada, el agente estaba a punto de quitarle la vida a un hombre que no tenía nada que ver con él. Aunque nada justifica que una persona prive del derecho de vivir a los demás, lamentablemente en el sucio mundo del hampa, alguien tiene que caer para atrapar al resto.

-De todas maneras este tipo no tiene salvación, es él o soy yo -pensó el agente, mientras apuntaba el arma en la frente de aquel individuo. Antes de apretar el gatillo, pidió a su víctima que lo mirara directamente a los ojos, no para mofarse de él como lo hicieron los demás, sino para pedirle perdón por medio de su expresión.

Una vez superada la prueba que lo acercaría al Camaleón, el agente y el resto de los matones regresaron al calor de la fiesta, dejando que las fieras salvajes devoraran los cuerpos de los tres mensajeros, quienes pagaron las consecuencias de haber tomado el camino equivocado. Después de todo no fue en vano cometer ese pecado mortal, porque lo que descubrió el agente, ayudó en parte a aliviar el peso de su culpa. No pudiendo más con sus remordimientos y con su cargo de conciencia, el agente abandonó la fiesta y se dirigió a un lugar apartado de la mansión, para tratar de extinguir, por medio de lágrimas y de suplicas de perdón al cielo, el fuego del pecado que estaba incinerando su interior. Para entonces el sol comenzaba a asomarse por el horizonte y con ello, empezaban a marcharse del recinto los invitados, los músicos, las mujeres que intercambian amor por dinero, aquellas que dicen no ser meretrices sino damas de compañía, y cuantos personajes más había en dicha recepción.

Atraído por el escándalo que ocasionaba la partida de los fiesteros, de una manera sigilosa el agente se adentró en las caballerizas, para observar si había algo fuera de lo común entre aquellos personajes. Poco antes de que fuera sorprendido en una actitud sospechosa, por parte del Conde quien también había estado en ese lugar revolcándose con una de las damas de compañía, a lo lejos en medio de algunos guardaespaldas, el agente logró divisar un rostro conocido que le pareció bastante familiar, el cual salió después de que todos se habían marchado. La sospecha que tenía el agente respecto a si se trataba de la persona que él estaba pensando, fue corroborada por la placa diplomática que llevaba su vehículo, el cual ingenuamente, en su territorio y en medio de una extrema seguridad, acababa de delatarlo.

En efecto el agente no se equivocó, la persona que acababa de abordar dicho vehículo, era nada más y nada menos que Miguel Ángel Escudero, el nuevo alcalde de la ciudad y uno de los hombres más reconocidos y respetados dentro del ámbito social. ¿Qué hacía allí? Y ¿Qué relación tenía con el Camaleón? Fueron las interrogantes que deambularon por la cabeza del agente, pero lo que ni él ni el resto de las autoridades sabían, era que el delincuente que ellos llevaban buscado toda la vida, se paseaba casi a diario por sus narices, y que desde hacía pocos meses, se había convertido en la máxima autoridad de la ciudad.

-Estoy ocultándome de la niña que pasó conmigo la noche, pues no cuento con efectivo para pagar sus servicios -respondió el agente sonriendo, cuando fue sorprendido por el Conde.

-¡Imbécil! Te dije que aquí no necesitas dinero, el servicio de todas estas perras ya está cubierto por el patrón, así que puedes coger a cuantas quieras. Más bien prepárate que debemos ir al aeropuerto a despedir a dos invitados especiales, que llevan un mensaje sumamente importante del patrón -dijo el Conde, echándose a reír, mientras acompañaba hasta la salida a uno de sus amores rentados.

Bastó una explicación tonta para que otro tonto se la creyera, una vez más la inteligencia superaba a la rudeza. La brillante personificación de un bandido despiadado y sanguinario, le estaba dando tan buenos resultados al agente, que no solo le ayudó a ocultar muy bien ese aire de policía que se percibía a leguas, sino también a asegurar cada vez más la confianza del Conde en sus bolsillos. A pesar de que los años de cautiverio petrificaron en parte sus sentimientos y su corazón, el recuerdo de María del Pilar Capote, la mujer que sacrificó su vida para salvar la de él, mantenía aún existente su lado más sensible; y si le había parecido cruel la matanza ocurrida la noche anterior, de la cual fue protagonista, lo que estaban por presenciar sus ojos, por poco lo deja al descubierto ante el Conde y el resto de matones que se encontraban en la finca.

-Ve a la habitación del fondo, y tráeme el correo que vamos a enviar -le dijo el Conde al agente Escalada, entregándole unas llaves.

Por su parte el agente, tratando de digerir esas palabras, porque simplemente no podía concebir que estuviera recibiendo órdenes de

un criminal, se dirigió hacia aquella habitación
pensando encontrar cajas o algunos sobres que
correspondieran al dichoso correo al que había
hecho mención el Conde. Lo que encontró allí, casi
lo hace devolver las tostadas, los huevos revueltos
y el chocolate que había desayunado minutos
antes. La reacción de inmovilidad que adoptó el
agente, al ver a dos hombres atados de manos
colgando del techo como si fueran guirnaldas de
navidad, con sus cuerpos completamente marcados
que parecían pergaminos prehistóricos, con la
gran diferencia de que su transcripción era clara
y precisa, ya que el Camaleón personalmente se
había tomado la molestia de escribirla, inquietó al
Conde, quien luego de unos minutos entró en la
habitación acompañado por dos de sus hombres,
para verificar que el agente estuviera cumpliendo
con su trabajo.

-¡Las llaves no eran para abrir la puerta, sino
para esto! -dijo el Conde, furibundo, al tiempo
que procedió a abrir los candados que aseguraban
las cadenas, con las que fueron colgados los
dos hombres. -Apuesto a que una niña tiene
más pelotas que este cabrón, es mejor que
vayas acostumbrándote, porque esto no es nada
comparado con lo que vas a ver aquí -volvió a
decir el Conde, echándose a reír.

-¡Quizá una niña tenga más pelotas, pero
yo tengo esto! -respondió el agente sumamente
airado, abriéndose la camisa para que los presentes
fueran testigos de las huellas que habían dejado

en su piel, los años de tortura y de maltrato que vivió en cautiverio. Si esos ampones dudaban de la rudeza del agente, las enormes cicatrices que tenía en su cuerpo, terminaron por imponer respeto, tanto que hasta el mismo Conde, cambió su modo autoritario de dirigirse a él, por uno más dócil.

Mientras el agente conducía el vehículo que llevaba a los dos hombres al aeropuerto, pensaba en las ironías de la vida; un hombre que había sido entrenado para proteger y para cuidar de los demás, en menos de veinticuatro horas se había convertido en asesino y estaba siendo cómplice de las atrocidades cometidas con aquellos hombres. Por instantes quería abortar la misión y alejarse para vivir su vida, pero el último paso que dio fue tan extenso que perdió el rumbo de regreso a casa, por lo tanto le resultaba imposible dar marcha atrás y aquello comenzó a convertirse en algo personal entre él y el Camaleón.

De los cinco tipos que llegaron al país, para tratar de restablecer las relaciones entre el Camaleón y sus socios del norte, a tres de ellos la vida los premió por su contribución negativa a este mundo, convirtiéndolos en la cena de varias fieras salvajes; por sus malas acciones y sus pecados fueron a parar en los intestinos de dichas fieras para luego terminar convertidos en el excremento que eran; fue así como aquellas, relativamente cagaron la mierda que comieron. Los dos hombres restantes regresaron, pero con su masculinidad cercenada de raíz y con un manifiesto hostil impreso es sus cuerpos, que solo un milagro podía borrar, pues quien lo firmó, se aseguró de que cada letra siguiera siendo visible, incluso hasta después de la muerte; no sé quiénes de ellos se llevaron la peor parte. «A veces renegamos al cielo por lo nos que pasa, olvidando que cada quien cosecha lo que siembra, porque cada cual es dueño de manejar su libre albedrio, y busca sus propios males»

«Lo que diferencia a un perro de santuario de uno que vive en una mansión, son sus dueños, porque sin importar su pedigrí, ambos seguirán siendo perros» Si la propuesta de sus socios, le pareció al Camaleón una falta imperdonable, la masacre de tres de sus emisores y el mensaje obsceno, escrito en la piel de los otros dos, fue tomado por sus socios como si el Camaleón, hubiese explotado una bomba en las salas de sus propias casas. Quién iba a decir que una sociedad y una amistad de años, de repente se viniera abajo, por un mal entendido de sus contadores, quienes perdieron la noción del dinero que cada uno tenía acumulado en sus bodegas. Los enemigos que hacía pocos meses eran íntimos amigos, estaban a punto de resolver sus diferencias de la única manera en la que sabían hacerlo, con plomo. El panorama no pintaba nada bien para el Camaleón, que no solo iba a tener que lidiar con las autoridades que ya estaban pisando sus talones, sino además con sus antiguos amigos, quienes planificaban hacerle otra visita, pero esta vez, para llevarle un regalo especial.

«Entre el cielo y la tierra no hay nada oculto, pues tarde o temprano todo sale a la luz. "No hay lugar en el que yo no pueda encontrarte", dice una parte de las escrituras» De todo los años vividos, Miguel Ángel, nunca se tomó un segundo de su tiempo para reflexionar y analizar con atención el significado de esas palabras. La obsesión por expandir su riqueza terrenal, hizo de él un hombre vació, insensible y pobre de espíritu; en múltiples ocasiones erróneamente llegó a convencerse de que era inmune a cualquier castigo celestial, porque en su cabeza, era el todo poderoso, el invencible y el que decidía el destino de los demás; sin embargo, como todo reinado tiene un principio y un final, Miguel Ángel tenía razones de sobra, para que su castillo se viniera abajo. El camuflaje de caballero decente, honorable, respetado y admirado por todos, que durante años le permitió pasar desapercibido, por un error que pareció ser insignificante, sencillamente dejó de servirle. Un minúsculo detalle pero a la vez bastante revelador, que sus guardaespaldas olvidaron ocultar la mañana en la que fue descubierto por el agente Escalada, bastó para que las autoridades fijaran toda su atención en él, y abrieran un expediente en su contra.

Al igual que el gran escapista e ilusionista Harry Houdini, Miguel Ángel supo ocultar bien su doble vida; era sumamente desconfiado, cauteloso y prevenido con sus cosas, permanentemente se cuidaba de no dejar al descubierto ni un solo detalle que pudiera comprometerlo. Su lado oscuro y su conciencia podrida, lo obligaron a convertirse en un amante empedernido de la perfección, nada pasaba por sus manos sin que antes fuera revisado tres y hasta cuatro veces. Esa misma perfección que se apoderó de su rutina diaria, la exigía a sus empleados, a sus colaboradores y hasta a sus socios, quienes a veces rezongaban por la temática exagerada con la que su líder maneja cada situación. Sin embargo, en un mundo perfecto también hay cabida para los errores y para las metidas de pata. La ineptitud de uno de sus hombres, ineptitud que por cierto fue pagada con la vida, puso en evidencia al lobo que habitaba dentro de un caballero que parecía ejemplar.

Exactamente como lo había previsto, su cargo de alcalde, aparte de brindarle la ansiada inmunidad que tanto buscaba, le había abierto un mundo ilimitado de ventajas, a las que solo él sabía sacarles provecho. En los pocos meses que llevaba ejerciendo su cargo de máxima autoridad de la urbe, como por arte de magia, todos sus negocios se incrementaron casi un cuarenta por ciento, principalmente sus exportaciones. A los dos contenedores de orquídeas que solía enviar cada quince o veinte días al extranjero, decidió sumar un tercero, con la diferencia de que los viajes empezaron a realizarse cada diez días. En definitiva las cosas no podían estar mejor para Miguel Ángel y para sus socios, quienes de un momento a otro se vieron inundados por una bonanza desmesurada, y esa sí que era una razón más que justificada para celebrar.

El día anterior al que fue descubierto por el agente Escalada, aproximadamente a las cuatro de la tarde, cuando se disponía a regresar a su casa, después de cumplir con su jornada laboral en el cabildo, Miguel Ángel recibió una llamada de sus socios, en la cual le confirmaban la hora y el lugar al que debía asistir, para celebrar que una vez más sus orquídeas estaban en territorio anglo y europeo, alterando los sentidos de miles de amantes adictos a su fascinante aroma. Pese a que no era partidario de esa clase de celebraciones, accedió a ir, pero no con la intensión de festejar, sino para cumplir con su palabra de recibir a sus colegas mexicanos en una cita que habían acordado semanas antes. Al pedir a sus hombres que lo trasladaran en el vehículo de la alcaldía, transporte que le fue asignado para cumplir con compromisos netamente políticos, Miguel Ángel, olvidó que no se debe mezclar lo laboral con lo personal, filosofía que él mismo obligó a aplicar a todos sus colaboradores. No obstante, por cosas de la vida, fue el primero en incumplirla.

-Me va a tomar mucho tiempo ir a casa para cambiar de automóvil, no quiero hacer esperar a mis invitados, así que tomaré prestado el vehículo de la alcaldía, pero por favor asegúrate de no dejar al descubierto nada que pueda perjudicarme -dijo Miguel Ángel a uno de sus hombres, apodado el Cacique.

-No se preocupe señor, todo está resuelto -respondió el Cacique, con gran firmeza.

Gran error, hasta ahí llegó su perfeccionismo, por no haber esperado un segundo para cerciorarse de que todo estuviera según lo ordenado, como siempre acostumbraba hacerlo, Miguel Ángel puso su futuro en manos de un hombre que se caracterizaba, no precisamente por ser el más listo. Pero gracias a la ineptidud del Cacique, que hizo caso omiso a la orden impuesta por Miguel Ángel, de sustituir la placa diplomática por otra de metal, y de no cubrirla con una de cartón, como lo hizo el subalterno, las autoridades contaban con bases para relacionar al flamante alcalde con varios delitos que pasaron a formar parte de los archivos del olvido por falta de pruebas. Delitos como: extorción, apropiación indebida de grandes extensiones de terrenos ubicados en zonas marginales y el desalojo ilegal de cientos de familias humildes, que llevaban toda su vida asentadas en dichas zonas; la familia de Renata, alias la pantera, fue una de las que llevó la peor parte. Debido a que el agente Escalada descubrió a Miguel Ángel en la fiesta de nada más y nada menos que del Camaleón, Las autoridades no descartaban la posibilidad de que estuviera vinculado con el narcotráfico.

Increíblemente una de sus virtudes jugó un papel preponderante en su destino.

-La puntualidad y la palabra, dicen mucho en una persona, quien carece de esas cualidades, sencillamente no merece el mínimo respeto -solía decir Miguel Ángel, cada vez que acudía a una de sus citas o cada vez que cerraba un negocio.

Ciertamente estaba en lo correcto, pues no hay nada más vergonzoso y bochornoso que la impuntualidad y la falta de palabra. Independientemente de sus malas acciones y de su lado oscuro, si había algo de admirar y que distinguiera a Miguel Ángel de los demás, eran esas cualidades. En su vida nunca llegó tarde a una cita, aunque esta no tuviera ninguna importancia, y su palabra tenía igual o hasta más relevancia que cualquier documento firmado. Pero para su infortunio, no todos eran iguales a él y no faltaba el impuntual que llegara tarde a las citas. La reunión que estaba prevista para las 8:30 de la noche, por algunos percances que sufrieron sus colegas durante el viaje, los cuales al final resultaron ser excusas de cabaret para justificar su impuntualidad, se llevó a cabo con tres horas de retraso, tres horas que Miguel Ángel hubiera podido aprovechar para ir hasta su casa, tomar una copa, dormir una siesta e ir a la fiesta en su propio vehículo. La falta de seriedad de sus colegas, pero sobre todo la torpeza de uno de sus hombres, dieron origen a que su nombre pasara a formar parte de los archivos de la policía, como uno de los enemigos públicos más peligrosos del país.

«Por más fuertes y resistentes que parezcan, no todos los refugios son seguros» Miguel Ángel no pensó de esa manera en el momento en el que ingresó a la política e hizo hasta lo imposible por quedarse con la alcaldía, pues su estrategia le resultó un arma de doble filo, por un lado se sentía protegido por la famosa inmunidad parlamentaria, pero al mismo tiempo al convertirse en una figura pública, quedó expuesto al asecho de miles de miradas. El cargo diplomático que pensó que lo ayudaría a pasar desapercibido, irónicamente fue el foco de luz que atrajo la mirada del agente Escalada la mañana en la que fue descubierto. «En pocas palabras, no se debe ansiar más de lo que se merece si se es feliz con lo que se tiene, porque al final uno se queda sin nada»

Miguel Ángel, no solo tenía cuentas pendientes con la policía por varios delitos y con Juan Emilio Vaqueiro por haberle arrebatado la alcaldía con fraude, sino también con Sara, su hija mayor. Los años posteriores al que Sara abandonó la mansión Escudero para independizarse, sus padres, principalmente Miguel Ángel, de manera absurda, se empeñaron en hacerle daño, solo porque su estúpido orgullo no los dejaba aceptar que hubiera sobresalido y se hubiera vuelto exitosa sin su ayuda, pues al igual que con Montse, siempre mantuvieron la certeza de que ella dependería de su dinero por el resto de la vida, pero no fue así. Sara sabía que los verdaderos valores de una familia, sobre todo los de un ser humano, van más allá de su situación económica y social.

-Soy afortunada por ser una pobre con plata -decía en son de broma, cada vez que se desprendía de algo con lo que pudiera ayudar a los menos afortunados.

La cólera de su padre explotó, cuando se enteró de que se había casado con su rival político, y desde ese día Sara dejó de pertenecer a la familia Escudero. Sin embargo, si había algo que Laura y Miguel Ángel lamentarían toda la vida, era haberse vuelto enemigos de una persona que detestaba la injusticia y los atropellos, pues fue Sara quien terminó de sentar a sus padres en el banquillo de los acusados.

X

«Es preferible morir por amor que vivir sin amor, porque vivir sin amor es igual que estar muerto» Fue la conclusión a la que llegó Joaquín, después de perder a su esposa, como una manera simple de describir su realidad. Hasta el día de su muerte, solo hubo una semana en la que no fue a visitarla en su tumba, pues como en sus tiempos de novios, nunca faltó a las citas y cada día llegaba con algo diferente para regalarle al amor de su vida, tal como acostumbraba hacerlo cuando ella estaba viva. En los meses posteriores a la muerte de Alicia, su tumba estaba colmada de tantos regalos que el pequeño espacio que le fue asignado para su eterno descanso, no daba abasto para uno más. Joaquín empezó por llevar las cartas, regalos y las cosas que habían intercambiado como muestra de su amor durante los años que permanecieron juntos; luego le dio por llevar las cosas más pequeñas de la casa y algunas de las prendas de su amada entrelazadas con las suyas, y cuando se le agotó el poco dinero que tenía y no podía comprarle más obsequios, optó por llevarle los objetos extraños que a diario encontraba en su rutina de vagabundo. Hubo una vez en la que le llevó un pequeño elefante de arcilla sin dos de sus patas, aunque eso no tenía nada que ver con los dos, para él, era mejor que llegar con las manos vacías. Si no hubiera sido porque estaba dentro del camposanto, cualquiera hubiese pensado que se trataba de una pila de basura, por todos los cachivaches que había sobre ella. Mario el sepulturero, quien terminó convirtiéndose en su mejor amigo, era quien lo ayudaba a mantener los regalos en su sitio, para que no fueran a perturbar la paz de los otros muertos.

De todas las personas que se cruzaron en el camino de Joaquín, Mario fue el único que lo comprendió y que le ayudó a aliviar en parte el dolor que estaba sintiendo, pues casualmente estaba atravesando por una situación similar. Tres años antes, Mario había perdido a su novia en un accidente, y desde entonces llevaba trabajando en la necrópolis como sepulturero, para cumplir con la promesa de nunca alejarse de la mujer que más había amado en la vida. Al igual que Joaquín, Mario aguardaba con ansias la muerte para estar junto a su gran amor. Mientras el resto del mundo suplica al cielo, para que la muerte no los alcance, ellos pedían todo lo contrario. Por supuesto que sus suplicas no solo fueron escuchadas, sino también concedidas, pero con efecto inverso. Por atreverse a desear algo que iba en contra del mandato divino,

Mario y Joaquín, de cierto modo fueron obligados a presenciar cientos de funerales, mientras los suyos cada vez se hacían más distantes y el anhelado reencuentro con sus respectivos amores, se hizo eterno. En una ocasión Joaquín trató de atentar contra su vida, pero desistió de hacerlo, no por temor a la muerte, sino por el gran amor que sentía por Alicia; pues que en una parte del evangelio, claramente advierte que los suicidas irán a un lugar diferente de quienes hayan partido por causas naturales. En lo más profundo de su ínfima razón, sabía que si apretaba el gatillo, sus aspiraciones de volver a estar con su esposa iban a esfumarse con el estallido de esa bala. Por lo tanto sin tener opciones para terminar con ese suplicio, no le quedó más que ser paciente y entregarse a los brazos de la soledad y del sufrimiento, para que de esa manera se acortara su existencia. Después de todo tenía la plena certeza de que su sacrificio iba a ser recompensado en la otra vida, con el amor de su alma gemela.

De la misma manera en la que el Big Bang dio origen a la creación del majestuoso, maravilloso e infinito universo que habitamos, la chispa del amor encendió una llama incandescente que fusionó en uno solo el corazón de Alicia y de Joaquín, cuando apenas eran unos adolescentes. Desde entonces, pese a los obstáculos y a las adversidades, aquella flama nunca se extinguió porque ellos pacientemente se daban a la tarea de avivarla día a día. Lo que empezó como una simple curiosidad del amor y como un juego entre dos adolescentes enamorados, por la asombrosa compatibilidad que había entre ellos, se hizo fuerte e inquebrantable. Así como las plantas necesitan de la luz para su fotosíntesis, así como la tierra necesita de la gravedad para mantenerse en órbita y así como todos los seres necesitan de cada uno de los elementos esenciales para la vida; así, ellos se volvieron dependientes el uno del otro, tanto que la ausencia de Alicia convirtió en un apocalipsis la vida de Joaquín. De ese hombre fornido, recio y vigoroso, cuya fortaleza espiritual se doblegaba únicamente ante el poder celestial, al faltar su alma gemela, su fuente de inspiración, su negrita manceba como solía llamarla él de cariño, no quedaba más que un cuerpo aterradoramente óseo, cubierto por una piel envejecida y marchita que vagaba errante sin un destino por las autopistas del tiempo, rogando que el tren de la muerte hiciera una parada para abordarlo.

Como si no hubiera bastado con el dolor que causó la muerte de su esposa, el abandono de Consuelo y de Sebastián injustamente agregó un peso extra a la cruz que Joaquín, fue condenado a cargarla hasta el fin de sus días, lo que acrecentó aún más su agonía. En sus largas horas de angustia, muchas veces se preguntaba en qué había fallado para que sus hijos lo hubieran olvidado de la manera en la que lo hicieron, precisamente cuando él más los necesitaba. Pero afortunadamente gracias a las cosas que solo el universo sabe por qué las hace, en un lugar insólito y por medio de una tragedia, se compensó el egoísmo y la ambición de sus hijos, con una de las amistades más sinceras que pocas veces suele darse entre las personas. Increíblemente en un cementerio, Mario y Joaquín encontraron mutuamente el afecto de padre e hijo que tanto les hacía falta.

«Los verdaderos sentimientos afloran, y son más nobles, en las calamidades» Por todas las cosas que tenían en común, pero sobre todo por el mismo dolor que los embargaba, la amistad entre Mario y Joaquín se intensificó, al grado de sentir que eran parte del mismo ADN. El ingente amor que cada uno sentía por sus respectivas mujeres, los convirtió en admiradores acérrimos de la muerte. Su miedo a ser convertidos en polvo, fue neutralizado por la seguridad de saber que la muerte solo es el primer paso hacia la verdadera felicidad. Cada una de las charlas que ellos mantenían en sus horas de tertulia, contenían los tópicos de complicidad, sinceridad y respeto que son fundamentales en una verdadera relación entre padre e hijo. Contrario al resto de los mortales que se esmeraban por construir un futuro terrenal, todas sus conversaciones y sus planes estaban cien por ciento centradas en lo espiritual.

-Si tú partes primero, prométeme que buscaras a mi novia y cuando la encuentres le dirás que la amo y que muy pronto estaré a su lado. Si yo me marcho primero, prometo hacer lo mismo con

Alicia, tu esposa -dijo Mario a Joaquín en una de esas charlas.

-No solo la buscaré y le diré que la amas, sino que además le pediré que se quede con nosotros para esperarte, y así poder estar los cuatro como lo habíamos planeado -respondió Joaquín.

-Me pregunto cómo será el lugar al que iremos, después de que hayamos partido de este mundo -dijo Mario.

-La única manera de saber que hay después de la muerte, es muriendo. Ya lo sabremos cuando repiquen nuestras campanas, por ahora ese lugar solo podemos imaginárnoslo -respondió Joaquín.

-A parte de Sofía, mi novia, ya son quince años que mi padre me está esperando, él se fue de este mundo poco después de mi quinto cumpleaños, de él solo tengo recuerdos maravillosos. Cuando lleguemos allá, te lo presentaré para que lo conozcas, ya verás que te va a caer muy bien. Juntos la vamos a pasar increíblemente genial -volvió a decir Mario.

-Para mí será un placer conocerlo, después de que encuentre a mi esposa y a Sofía tu novia, lo primero que haré será suplicar al nazareno para que interceda por mis hijos ante el juez celestial. Si tengo que asumir las consecuencias por sus pecados, lo haré, porque mi felicidad no podrá ser completa si no tengo a mi lado a mis adorados pequeños. Sin duda debí ser un mal padre para que ellos no quieran ni verme -concluyo Joaquín, ahogado en su gimoteo.

El amor que ese padre sentía por sus hijos era tan grande, que en vez de reprocharles por su actitud egoísta, mezquina y rebelde, estaba dispuesto a seguir soportando cualquier castigo que el cielo le impusiera con tal de que sus pequeños fueran perdonados. Ejemplos como ese se ven a diario; lamentablemente el maldito egoísmo, tomó por asalto nuestros corazones, nos engulló dentro de una burbuja invisible capaz de repeler cualquier gesto de amor, y sin darnos cuenta terminamos hiriendo y lastimando al resto de las personas, y lo que es peor, a aquellas que solo tienen cosas buenas para darnos. Mario no entendía por qué un hombre noble y con un corazón extremadamente bondadoso, estaba abandonado a su suerte, sabiendo que tenía dos hijos que podían ayudarle a hacer más llevadero el peso extenuante de esa cruz. Lo que Mario no sabía, era que los hijos a veces somos unos imbéciles arrogantes, que menospreciamos y no valoramos el amor y todo lo bueno que nos dan nuestros padres, por ir detrás de las putas cosas materiales y pasajeras que solo nos vuelven fríos, vacíos e insensibles. Cuando ya es demasiado tarde queremos remediar la situación, pensando que con un simple arrepentimiento y con unas cuantas lágrimas fingidas, sanaremos las heridas causadas por nuestro estúpido egoísmo. «Aunque parezca absurdo y fuera de contexto, nosotros somos la única especie racional del planeta que usa la inteligencia para dañar al resto»

La única vez que Mario abandonó el camposanto y que se alejó unas cuantas horas de su amor eterno, fue el día en que salió a buscar a Consuelo Flores. Angustiado porque su buen amigo Joaquín llevaba tres días sin aparecer por el cementerio, decidió ir a buscar a su hija para ponerla al tanto de su desaparición. Para ello se dirigió a la tumba de Alicia y tomó prestado uno de los cientos de recortes de prensa que hablaban de la fama de Consuelo, los cuales orgullosamente Joaquín había llevado para que Alicia también fuera participe de los logros de su hija. Por tratarse de una figura famosa, obtener una cita para dialogar con ella, era igual y hasta más difícil que volar al espacio en una cometa, pero Mario se la ingenió para hablar con dicha personalidad.

-¡Señorita Consuelo, su padre la necesita! -gritó Mario, al reconocer a Consuelo cuando salía acompañada por su equipo de seguridad, después de cumplir con uno de sus compromisos laborales. Pero ella no prestó la más mínima atención.

-¡Señorita Consuelo, Joaquín, su padre, parece que ha muerto! -volvió a gritar Mario, pero esta vez con más ímpetu.

En ese instante, Consuelo sintió que el tiempo se detuvo a su alrededor y cuando un mundo muerto de recuerdos revivió en su memoria, se acordó de que tenía un padre y que su nombre era Joaquín. Después de unos segundos de hipnotismo, que para ella parecieron una eternidad, pidió a sus guardaespaldas no interferir, en el momento en que Mario se acercó a ella.

-¿Cómo sabe que mi padre se llama Joaquín? ¿De dónde lo conoce? -preguntó Consuelo, bastante intrigada.

-¡Por esto! -respondió Mario, mostrando el recorte de prensa que portaba en su mano.

-Su padre no para de hablar de usted, él está muy orgulloso de su éxito; lo conocí en el cementerio porque va a diario a visitar la tumba de su esposa, pero ya hace tres días que no ha vuelto por ese lugar, sin duda tuvo que pasar algo grave para que haya dejado de ir -volvió a decir Mario.

-Le agradezco la información, si vuelve a verlo, por favor dígale que lo quiero mucho y que uno de estos días iré a visitarlo -dijo Consuelo mientras abordaba su vehículo.

Posterior a eso, lo único que quedó esparcido en el aire e impregnado en la indumentaria de Mario, fue el aroma inconfundible de Consuelo; un aroma parisino elaborado con las más finas esencias que al ser combinado con el efluvio natural de su piel, creaba una reacción química misteriosa e indescifrable, capaz de alborotar las hormonas hasta de los difuntos. Ante las hipótesis o más bien las interrogantes que Mario se hacía con respecto al abandono y a la soledad de Joaquín; la frivolidad y la insensibilidad de Consuelo, le dieron la respuesta. De aquel encuentro no quedó más que una triste desilusión, que mató la esperanza de

Mario de contar con alguien que lo ayudara a dar con el paradero de su amigo.

A medida que pasaban los minutos, las horas y los días sin obtener ninguna señal de Joaquín, la angustia y la pena que sentía Mario empezaban a agudizarse, haciendo que miles de alfileres penetraran incesantemente en su corazón; no por la posibilidad de que Joaquín estuviera muerto, pues al fin y al cabo ese era su mayor deseo, sino porque Mario no podía concebir que su amigo se hubiera marchado sin recibir el merecido abrazo de despedida, como prometieron hacerlo para cerrar su pacto de una amistad eterna. La ausencia de Joaquín, aparte de causar estragos en el interior de Mario, provocó una sensación de intranquilidad, de ansiedad y de incertidumbre en todo el camposanto, pues aquel lugar que de por sí es tétrico y triste, al faltar Joaquín se tornó aún más melancólico. Era como si un ser muy querido, hubiera salido una mañana y no hubiera regresado jamás. Aunque parezca inverosímil, descabellado y hasta incoherente, toda la necrópolis sintió la ausencia de Joaquín, desde el pasto verde que decoraba el espacio vacío entre tumba y tumba, al cual Joaquín por medio de sus lágrimas daba de beber toda el agua que el cielo a veces le negaba, hasta los muertos que extrañaban las largas conversaciones que él mantenía con su esposa, y quienes a la vez se convirtieron en los confidentes silenciosos de cada uno de sus secretos, ni qué decir de Mario, quien nuevamente sentía el mismo dolor que sintió cuando despidió a su padre y a su novia.

Cuando parecía que todo estaba consumado y cuando todos empezaban a resignarse; cinco días después, un martes poco antes del meridiano, una figura escuálida con ojos grandes y profundos de cabello plateado y vistiendo los mismos harapos rancios y pestilentes de hacía años, atravesó lentamente la puerta del camposanto y se dirigió hacia la tumba de Alicia. Mario que en ese instante se encontraba asistiendo un funeral, no se percató de la figura ósea que pasó cojeando a escasos metros de la multitud que había llegado a despedir a uno de los suyos. Horas más tarde, poco antes del ocaso, una vez que Mario terminó su trabajo, procedió a recorrer el cementerio como acostumbraba hacerlo todos los días, para asegurarse de que las visitas abandonaran dicho lugar antes de cerrar las puertas, cuando avizoró que un pequeño bulto sobresalía en la tumba de Alicia; en un santiamén se dirigió hacia ella y encontró a Joaquín llorando, abrazado a la tumba de su esposa. El encuentro de ese muchacho con su viejo amigo fue tan emotivo, que hasta los mismos muertos lloraron dentro de sus fosas. «Gestos como esos son los que han evitado hasta ahora, que el creador, inicie el Armagedón para depurar este mundo que cada vez está en mayor decadencia»

Antes de que Mario lo encontrara, Joaquín, siguiendo el mismo ritual que habituaba hacer, ordenó en parte la tumba de su esposa y colocó sobre ella una piedrita negra de río con cinco monedas de diez centavos cada una, que había llevado como parte de los regalos por los días que estuvo ausente. La piedra no tenía gran importancia para él, simplemente le pareció hermosa y pensó que se vería bien al lado de la lápida de Alicia, pero las monedas tenían un significado invaluable, por esa razón las llevó para compartirlas con su mujer. Al igual que los amantes leales y fieles, que no ocultan nada y que no tienen secretos para la persona que aman, pese a que Alicia conocía a plenitud el motivo por el cual su esposo no había ido a visitarla, él se sintió en el deber y en la obligación de rendirle cuentas y de darle una explicación sobre dónde anduvo todos esos días.

-Amor, tú sabes que jamás me alejaría de ti, no sé por qué el cielo se ha empeñado en hacerme sufrir. Por favor habla con Dios e implórale que adelante mi partida, pues mi vida aquí es un averno -dijo Joaquín, desplomándose lentamente sobre la tumba de su esposa. En ese momento el pasto moribundo que se había vuelto reseco y quebradizo por tras la ausencia de Joaquín, resucitó y recobró su color natural, ante el diluvio desproporcionado que emanaba de sus ojos.

-Te cuento que hace unos días vi a nuestra hija, está hermosa como siempre, ella es toda una reina, pero no me acerqué a saludarla, pues no quise avergonzarla con su entorno. No sería conveniente que sepan que el padre de la reina de esta ciudad, es un pobre miserable vagabundo. De Sebastián no he sabido nada, traté de buscarlo pero fue en vano, supongo que está bien, pues aprendió a cuidarse por sí solo -volvió a decir Joaquín, y sus lágrimas que hacía un rato eran cristalinas y transparentes, se volvieron rojizas e indelebles por el desgarramiento que sufrió su corazón.

El jueves anterior, faltando diez minutos aproximadamente para la media noche, el fan y admirador número uno de Consuelo Flores, se sentó a un lado de la puerta principal de un prestigioso establecimiento en el cual se encontraba ella participando de un importante certamen de belleza, con el fin de observarla de cerca cuando saliera de aquel lugar. Como todo ferviente admirador que anhela estar cerca de su ídolo, perseguirla y observarla, se convirtió en la rutina de ese admirador que casi siempre estaba presente en los eventos a los que asistía Consuelo. Por su condición de transeúnte ordinario y por la inferioridad con la que ella miraba al resto de las personas, aquel fan se volvió invisible ante sus ojos. Después de dos horas de espera, Consuelo salió del lugar muerta de la felicidad por haber sido coronada como la nueva soberana de Aránzazu. La alegría pero sobre todo el éxito de Consuelo llenó de júbilo a ese hombre que sintió como si fuera el suyo propio. La dicha que sentía Consuelo por haber obtenido la corona, era tan grande que aquella noche hizo algo que iba en contra de sus principios mezquinos y egoístas.

Convencida de que ese hombre era un simple mendigo que estaba allí para pedir limosna, sacó de su cartera cinco monedas de diez centavos cada una y las arrojó a sus pies, luego se marchó satisfecha por haber hecho su buena obra del día. La obsesión enfermiza de tener el mundo a sus pies, puso una venda en sus ojos, que le impidió darse cuenta de que su fan y admirador número uno, a quien ella acabada de regalar unas monedas pensando que era un pordiosero, era nada más y nada menos que el hombre que le trajo a este mundo. Con cinco miserables monedas, correspondió el amor y todo lo que su padre hizo por ella, pero eso, ni que su hija lo hubiera confundido con un mendigo, le importó a Joaquín, para quien su felicidad seguiría siendo igual, así ella le hubiera lanzado una sola moneda. Después de tantos años, era la primera vez que Joaquín tenía algo de uno de sus hijos, y esa era razón más que suficiente para agradecer al cielo por aquel momento. Así que recogió las monedas, las guardó bien para no perderlas, y cinco días más tarde apareció por el camposanto, acompañado por el mismo caballero que lo llevó al hospital, cuando lo encontró tirado en la carretera, al ser arrollado por un automóvil cuyo conductor cobardemente huyo de la escena. Para sorpresa de Joaquín, aquel buen samaritano, era uno de sus escritores y novelistas favoritos, de quien él había leído todos los libros. Y como suelen decir que las cosas siempre pasan por alguna razón, aquel escritor quedó tan conmocionado e impactado con la historia de su fiel lector, que meses más tarde publicó una novela basada completamente en la vida de Joaquín, y a solo días de haberla publicado, todos los ejemplares desaparecieron de las librerías. «Pero esa es otra historia que a mí no me concierne contar» A partir de esa fecha, Joaquín no volvió a descuidar la tumba de su esposa ni un solo instante y después de varios años de sufrimiento, el cielo por fin se compadeció de él y cumplió su deseo de estar al lado de su alma gemela.

XI

«No hay discusión, los seres de este mundo, en lo superficial, somos completamente diferentes, pero en el interior somos la imagen en el espejo, es decir una réplica exacta. Fácilmente las vísceras de un nativo sudamericano y el corazón de un aborigen africano, encajarían en la cavidad torácica de un sajón o de un judío para alargar su vida. Así también el líquido milagroso generador de vida que fluye por cada una de nuestras arterias, es de un color rojo universal y no azul, como piensan ciertos arrogantes de apellidos largos, que se creen superiores a los demás, por haber usurpado un título que le corresponde al verdadero rey de los cielos; pero en realidad no son más que un grupo de parásitos, que sin esfuerzo viven a expensas de algunos idiotas, que aun en pleno siglo XXI, continúan venerándolos»

Montse era una de esas personas arrogantes que se creían superiores a los demás, sin embargo cuando supo que su sangre no solo era del mismo color de la del muchachito de piel oscura, que se ganaba la vida en algunas intersecciones de la ciudad, a quien ella en varias ocasiones trató como a pupú de perro, sino además cien por ciento compatible con la suya. La vergüenza ruborizó su rostro, así como su alma, haciéndola sentir menos que una pila de estiércol, porque ese pupú de perro, como ella solía llamarlo, aparte de perdonar sus ofensas, le salvó la vida. « ¿Por qué siempre debemos esperar a que pasen cosas como esas, para darnos cuenta de que todos somos iguales? El hecho de que nuestras cuentas bancarias tengan unos cuantos dígitos más, no debería hacernos sentir superiores a los demás, a fin de cuentas lo que puede absolvernos o condenarnos ante el juez supremo, son nuestras acciones»

A raíz de que Sara abandonó la mansión Escudero, Montse empezó a acaparar todas las atenciones de sus padres, pero lastimosamente, estas eran solo materiales. Laura y Miguel Ángel acostumbrados a resolver todo con dinero, pasaron por alto un detalle sumamente importante para la crianza de su hija, "lo emocional". El afecto, el cariño y el tiempo que debían dedicarle, de manera ruin y asquerosa lo compensaban con un cheque de cuatro cifras que mes tras mes llegaba a las manos de Montse, para que cumpliera con todos sus caprichos. Su rol de padres quedó relegado a los empleados de la casa, quienes eran los encargados del cuidado y de la seguridad de su hija. Desde que Montse tenía uso de razón, le bastaban los dedos de una mano para contar la veces que cenó con toda su familia y que compartió un fin de semana con sus padres, pues si no estaban en viajes de negocios, estaban en sus despachos planeando cómo hacer crecer aún más su incalculable fortuna. Obligando con ello a que Montse tuviera que refugiarse en sus amigos, quienes a su vez la llevaron a las garras de un amor, que pese a ser blanco como la nieve, era altamente letal y destructivo y que poco a poco la estaba llevando a la perdición; perdición que pudo evitarse, si sus padres hubieran prestado atención al constante llamado de auxilio que pedía su hija.

-Tienes un minuto, necesito hablar contigo -dijo Montse a su padre, en repetidas ocasiones.

-Te prometo que mañana a primera hora hablaremos, ahora estoy atendiendo un asunto importante -fue siempre la respuesta de Miguel Ángel.

El mañana que Miguel Ángel prometió a Montse, lo convirtió en una espera perpetua, porque si no lo olvidaba, el día anterior había salido de viaje. De igual manera lo hizo la madre, quien tampoco tenía tiempo para su hija. Mientras Montse se ahogaba en su propio rencor por el abandono de sus padres, ellos estaban cerrando un nuevo negocio; pero el destino, por medio de un golpe que casi acaba con la vida de su hija, empezó a cobrarles la soberbia y la ambición, tanto a Miguel Ángel como a Laura Escudero.

Sin nadie que la controlara y con suficientes recursos económicos a su disposición, Montse iba por la vida haciendo mal uso de su libre albedrío, un sinnúmero de actos rebeldes y mal intencionados, estaban dando de qué hablar de la hija menor de los Escudero; un apellido que sus padres cuidaban por todos los medios para que no fuera el tema de conversación en las reuniones de sus "amigos".

-Para que el prestigio de mi apellido esté en boca de algún pendejo, ese tiene que ser igual o más importante que yo -decía siempre Miguel Ángel.

Pero era demasiado tarde, porque su propia hija se había encargado de mostrarle al mundo lo que sucedía en el interior de una familia, que de puertas para afuera, parecía perfecta y ejemplar. Para entonces, Montse había sido destituida del establecimiento académico en el que estudiaba, por haber amenazado con arrancar los ojos a su maestro de matemáticas si la reprobaba en su examen final. Esa era solo una pequeña travesura, comparada con la serie de hechos imperdonables que desataron la furia del cielo, que no tuvo reparos en impartir justicia a su manera, puesto que algunas autoridades no tenían los pantalones suficientes para instruir con cargos a la hija del alcalde.

El deber de padres, que Laura y Miguel Ángel compensaban con dinero, hizo de Montse una niña llena de resentimientos que no tenía el más mínimo respeto por los demás, particularmente por aquellos que debido a sus escasos recursos no podían comprar la justicia. Tito Benavides, era uno de esos desafortunados, un joven caribeño de quince años que se ganaba la vida en las avenidas de la ciudad, por medio de actos de magia y de ilusionismo. Por el color de su piel, parecía una mosca entre la leche, pero eso jamás lo acomplejó, por el contrario se sentía orgulloso y a diario daba gracias al cielo por ser como era.

-Soy un albino dentro de un lunar gigante -solía decir, burlándose de sí mismo, cada vez que alguien trataba de hacer un comentario hiriente con respecto al color de su epidermis.

Su primer encuentro con Monserrat Escudero, ocurrió un martes por la tarde cuando ella se dirigía a su hogar, después de salir de una fiesta en casa de sus amigos que duró casi tres días. En esa ocasión ella conducía su vehículo, pues una semana antes su chofer había renunciado porque sencillamente se hartó de sus berrinches.

-¡Negro! ¿Qué haces aquí? ¿No deberías estar en un zoológico? -dijo Montse echándose a reír, en el momento en el que Tito Benavides se acercó a ella, pensando que su actuación iba a ser correspondida con algunas monedas.

-¿Usted qué hace fuera del cielo? ¡Los angelitos no deberían andar solos y menos en ese estado! -respondió Tito Benavides con una sonrisa perfecta y blanca como la nieve, cuando sintió un aroma nauseabundo a tabaco y alcohol, que se escapó del interior del vehículo de Montse en el instante en el que ella bajó el cristal para agredirlo.

Montse quedó desconcertada con la respuesta de Tito Benavides, pues ni por la ínfima bondad que aún había en lo profundo de su corazón, imaginó que sus ofensas serían devueltas con una galantería. Lo que normalmente terminaría en una guerra de palabras entre el agresor y el ofendido, aquella vez culminó con palabras de bondad, y por medio de ese muchacho, la vida le dio una lección a Montse para que tomara conciencia de que no todos eran como ella. Tanto Montse como Tito Benavides, habrían de recordar ese encuentro por el resto de sus vidas, porque ello solo fue el inicio de una batalla campal, entre el verdadero amor y los prejuicios. Montse sin mencionar ni una sola palabra, en el cambio de luz, asentó a fondo el acelerador de su automóvil y se marchó de ese lugar furiosa, tratando de asimilar ese episodio ya que era la primera vez que sus golpes eran devueltos con flores. Por su parte el corazón de Tito Benavides, se alteró de tal modo que parecía el repique de tambor de una tribu africana. No por la ofensa que acababa de recibir, sino porque descubrió que la mujer que habitaba noche a noche en sus sueños, eran tan real como el insulto hiriente que salió de sus labios.

Montse fue la más afectada con dicho encuentro, las palabras de Tito Benavides le llegaron hasta el tuétano, tanto, que a partir de ese día no halló ni un solo minuto de sosiego. Sus prejuicios racistas y de niña rica, empezaban a traicionarla creando un gran dilema en su cabeza, pues no sabía si solo le gustaron aquellas palabras o también la persona que las pronunció; lo cierto es que cada vez que se acordaba de ese capítulo, la rabia transpiraba por cada uno de sus poros, porque no encontraba la manera de borrar ese episodio de su cabeza. Mientras más rabia sentía porque no podía olvidarlo, más pensaba y se acordaba de Tito Benavides, al punto de que inconscientemente pasaba por la intersección en la que lo conoció, tres y hasta cuatro veces al día; no sé si con la intensión de encontrárselo para ofenderlo o porque su interior le estaba pidiendo a gritos volver a verlo.

Por su lado, Tito Benavides, lo tomó con más calma y pudo controlar sus emociones, aunque estaba completamente convencido de que Montse era la mujer que dibujó en sus sueños como la pareja ideal, sabía que un abismo enorme se interponía entre los dos, y ni con todo lo optimista que era, cabía en él la más remota posibilidad de que pudiera acariciar uno solo de los cabellos de esa princesa mal educada, caprichosa y rebelde. A pesar de que aquella fue la única vez que cruzaron palabra, Tito Benavides sabía que esa era la ruta de Montse, porque ya la había visto cruzar la avenida en repetidas ocasiones; razón por la cual decidió trasladar sus actos de magia a otro punto de la ciudad, para evitar un nuevo encuentro desagradable con su amor platónico.

«Lo que es para uno, será para uno por encima de cualquier cosa» Cinco meses y medio más tarde, cuando todo indicaba que ese dichoso encuentro era solo cosa del pasado, la causante de que un millar de mariposas empezaran a revolotear en la panza de Tito Benavides, curiosamente, otro martes volvió a cruzarse en su camino, pero esa vez el desenlace fue diferente.

Cuando la luz roja de un semáforo obligó a Montse a detener su vehículo, su corazón se alteró de manera poco usual en ella, el causante de aquella sensación extraña, estaba a escasos pasos de su automóvil entreteniendo con sus actos de magia al resto de los conductores. Al percatarse de que ese joven mago, era el mismo caballero que cinco meses y medio atrás, la había transportado a otra dimensión por medio de sus palabras, Montse rápidamente se liberó de las alucinaciones producidas por los efectos de un amor narcótico, al cual se estaba volviendo cada vez más dependiente. Con disimulo sacó el maquillaje y un espejo de su cartera y se polvoreo la nariz, para lucir bien, como si se tratase de una cita; seguido de ello, buscando captar la atención de Tito Benavides, extendió su mano por la ventana de su automotor y lanzó algunas monedas hacia él, no sin antes agredirlo.

-Son para tus bananas -le dijo en un tono burlón.

La lisonja o palabras dulces que Montse esperaba escuchar, sufrieron un letargo indefinido, porque esta vez Tito Benavides pasó de largo hacia los demás conductores, ignorándola por completo; desplante que enardeció a la chiquilla caprichosa que estaba acostumbrada a que todos le prestaran atención. Su rabia era tal que pasó por esa intersección veinte veces, y cada vez que lo hacía, vocifera improperios a una persona que a pesar de tener un bajo nivel académico, mostraba ser más culta y educada que los mismos decanos del colegio del que ella había sido expulsada. Hasta ese punto, Montse no estaba segura de si realmente era odio u otra cosa lo que sentía por Tito Benavides. Quizá era una manera absurda de expresar un amor reprimido que los prejuicios y el qué dirán, muchas veces impiden disfrutar a plenitud y con total libertad. Cualquiera que hubiera sido la razón, la cosa era que el encuentro entre ellos se hizo constante; no sé si por coincidencia o porque el universo lo había establecido así, inexplicablemente Montse aparecía en cualquier lugar en el que se encontrara Tito Benavides, pero sus ofensas y burlas iban subiendo de tono.

-No entiendo como una rosa tan hermosa como usted, puede tener tantas espinas cargadas de veneno. Doy gracias al cielo por tener este color de piel y no el suyo, usted podrá tener todo lo que quiera, pero claramente se ve que no es feliz -dijo Tito Benavides a Montse, un lunes por la mañana, harto de que siguiera ofendiéndolo.

«No hay nada más cruel y doloroso que la verdad» Las últimas palabras que salieron de la boca de Tito Benavides, fueron la lanza que atravesó el costado de Montserrat Escudero. No fue necesario recurrir a la violencia ni responder con vulgaridades, para una persona que conocía muy bien el significado de la palabra respeto, simplemente bastó con decir unas cuantas verdades, para que su agresor se sintiera menos que un parásito. El gesto de gata entelerida, dejaba ver con claridad el efecto que causaron esas palabras en el corazón de Montse, el hecho de que una persona inferior a ella, social y económicamente hablando, hubiera correspondido a todas sus ofensas de manera sutil y caballerosa, le pegó tan fuerte, que finalmente movió su interior despertando el lado humano y sensible de una chiquilla llena de odios y de resentimientos, lo cual se vio reflejado en el par de lágrimas, que rodaron de forma frenética por sus ruborizadas mejillas. El intervalo de tiempo que transcurrió entre el cambio de la luz roja a la verde, fue más que suficiente para que Montse recibiera la lección de su vida; hasta ocho meses después que nuevamente volvieron a encontrarse, pero esa vez en circunstancias diferentes, esa sería la última vez que Tito Benavides, vería a su amor platónico cruzar por aquella avenida.

Desde que Montse conoció a Tito Benavides, no volvió a ser la misma. En un mundo donde los valores, el amor y el respeto tenían su precio, por medio de un muchachito que le robó el corazón, Montse comprendió que la verdadera felicidad no estaba en las comodidades, en los lujos ni en el dinero que mes a mes recibía de parte de sus padres, sino en las cosas pequeñas y simples que hacen retumbar el corazón y que sirven de alimento para el alma. Descubrió también que debe primero amarse y hacerse feliz a sí mismo, para poder amar y hacer felices a los demás. A medida que pasaban los días el cambio en ella era evidente, la niña caprichosa, rebelde, egoísta, arrogante y prepotente, fruto del egoísmo de Laura y de Miguel Ángel, de pronto se convirtió en una persona generosa, sensible y hasta humanitaria; sin embargo sus padres, por estar tan ocupados en sus asuntos económicos, nunca se fijaron en el antes ni en el después de su hija, incluso cuando ella más los necesitaba. Fue ahí que Montse por primera vez estuvo de acuerdo con Sara, su hermana mayor, a quien a su vez le debía disculpas por los altercados que provocó con ella sin ninguna razón, pues aunque no fueron graves, se sentía en la obligación de pedirle perdón. A raíz de ese cambio, la relación entre hermanas volvió a surgir y con más intensidad, gracias además al pacto de complicidad que hicieron desde que eran unas chiquillas. A parte de Montse, Sara fue la única persona que sabía de la existencia de Tito Benavides, a quien días más tarde por medio de una tragedia, que por poco acaba con la vida de su hermana menor, tuvo el honor de conocer.

Antes de que ese último encuentro uniera definitivamente a dos personas, que a pesar de pertenecer a mundos diferentes, sentían que eran

el uno para el otro, sin tener la menor idea de lo
que estaba por avecinarse, tanto Montse como
Tito Benavides se disponían a continuar con su
cotidianidad. Él como siempre con una sonrisa
dibujada en su rostro, después de dar gracias al
cielo por otro día más de vida, como acostumbraba
hacerlo a diario. Salió de su hogar muy temprano
dispuesto a ganarse aquellas monedas que le
ayudaran a costear la cena de esa noche y el
desayuno de la mañana siguiente, para él y para
dos miembros más de su familia. Al igual que todo
empleado responsable, que respeta las reglas y los
horarios, exactamente a las siete con treinta minutos
de la mañana, sus actos de magia y sus trucos de
ilusionismo, que a veces delataban su inexperiencia,
estaban arrancando las primeras carcajadas a varios
conductores apurados, a quienes día a día los
semáforos obligaban a presenciar a los artistas de
la calle que se ganaban el pan, arriesgando su vida
a lo largo de las principales arterias congestionadas
de la urbe. Por su parte, para Montse, ese día iba a
ser importante. Con el mismo entusiasmo con que
empezó su otra mitad, Montse se dirigió al colegio,
pues luego de algunos meses retomaba sus estudios,
pero esa vez en un establecimiento académico
menos glamuroso. Consciente de que aún tenía
una cuenta que saldar con Tito Benavides, al salir
del colegio, prometió ir a buscarlo para pedirle
perdón por las ofensas y por las burlas que le había
propinado sin ninguna justificación, además quería
impresionarlo con su cambio.

Si no fuera porque se trataba del segundo día de la semana, se diría que era una mañana común y corriente, pero no; casualidad, coincidencia, destino o como queramos llamarlo, increíblemente otra vez era martes, al parecer el cosmos y los astros tenían una gran influencia sobre ellos, pues ambos nacieron un martes, un martes se conocieron, el encuentro que los unió de por vida se llevó a cabo un martes, y para completar, sus gemelos también nacieron en un martes. «Esas son cosas que solo el universo es capaz de hacer, nosotros estamos aquí solo para acatar su disposición»

Hasta poco después del mediodía, las cosas marchaban en relativa calma para ellos, sin embargo pasadas las tres de la tarde, una sensación de ansiedad, desespero e intranquilidad se apoderó de ambos por igual, y al mismo tiempo un extraño presentimiento inquietó sus corazones, creando una tristeza absoluta, especialmente en Tito Benavides quien nunca perdía su jovialidad, por más fuertes que fueran los golpes. En el momento en el que los vehículos dejaron de fluir y crearon un espacio infinito, entre el semáforo en el que él se encontraba laborando y el semáforo de la intersección anterior, Tito Benavides, descubrió el origen de esa sensación extraña que repentinamente le provocó un estrés agobiante. Algo molesto, pero a la vez bastante nervioso, se dirigió al lugar de la escena para ver qué había provocado aquel embotellamiento. Para él, eran varias monedas perdidas, porque a partir de esa hora, el tráfico se volvía constante.

Dos automóviles colisionados, con sus conductores atrapados dentro de los metales retorcidos, fueron las primeras imágenes que penetraron por las retinas de Tito Benavides, en el instante en el que llegó a dicho lugar. Cuando los servicios de emergencia, cortaron el acero y lograron liberar de entre las chátaras a uno de los conductores que yacía inmóvil en la camilla, el corazón de Tito Benavides se quebró en mil pedazos, su cuerpo se volvió tan frágil como una hoja y sus pupilas se humedecieron de inmediato, pues se trataba de su amor platónico, Montse. Su vehículo había sido impactado por otro auto, cuyo conductor irresponsable, no respetó la luz roja. Debido a la magnitud del impacto, el pronóstico para ambos conductores, era desalentador.

Al tratarse de la hija del alcalde, la noticia se propagó como pólvora; la primera en enterarse y en acudir al hospital al que fue trasladada su hermana, fue Sara. Horas más tarde la noticia sorprendió a sus padres que se encontraban fuera de la ciudad en sus famosos viajes de negocios. Como siempre por estar atendiendo primero sus asuntos personales, ignoraron a sus empleados que incansablemente llamaron a sus teléfonos, para ponerlos al tanto de lo que había sucedido con su hija.

-Por lo pronto logramos controlar la hemorragia, pero la niña perdió mucha sangre y necesita una transfusión urgente -dijo a Sara, uno de los médicos que atendía a su hermana.

-De toda la familia, mi padre es el único que es compatible con la sangre de ella, pero él no se encuentra en la ciudad -respondió Sara, sumamente afligida.

-En nuestro banco, no disponemos de ese tipo de plasma, es urgente que busque un donante o de lo contrario su hermana no sobrevivirá -concluyó el médico, antes de marcharse al quirófano.

-Lo siento, perdón si soy imprudente, pero no pude evitar escuchar la conversación, tengo el mismo tipo de sangre de su hermana y con gusto puedo ser el donante -dijo Tito Benavides quien también se encontraba en el hospital.

-¿Quién es usted, y qué hace aquí? -le preguntó Sara.

-Estuve en el lugar del accidente y me tomé el atrevimiento de venir en la ambulancia con su hermana, para ver de qué manera puedo ayudarla -respondió él.

Para Sara, quien no conocía de prejuicios y era solidaria con todos por igual, sin importar si era pobre o rico, indio o mestizo, negro o blanco, la esperanza de que su hermana continuara viviendo, le llegó como un milagro del cielo con la aparición de Tito Benavides.

-La única diferencia que existe entre las personas de este mundo, es el uso que cada uno da a su libre albedrio -solía decir Sara, cada vez que se enfrentaba a una tragedia. Por esa razón,

con un abrazo cargado de sinceridad, agradeció a
Tito Benavides ese noble gesto y sin perder un
solo segundo, puso al donante a disposición de los
médicos.

Una vez realizados los análisis respectivos
y de haber comprobado la compatibilidad entre
ambos, el amor de Tito Benavides, gota a gota
empezaba a fluir por las arterias de su amor
platónico, Montse, dándole el impulso que ella
necesitaba para vencer a la muerte. Nuevamente
la nobleza de ese muchacho, prevalecía antes
que los malos recuerdos o que cualquier rencor
que pudiera haber tenido hacia la persona que lo
denigró sin justa razón. Mediante esa transfusión
de plasma, aquel hombre no solo se unió de por
vida con su alma gemela, sino que además siguió
el ejemplo del maestro principal de este mundo;
poner el otro lado de la cara cada vez que alguien
nos agrede.

Gracias a Tito Benavides, los signos vitales de
Montse poco a poco empezaban a estabilizarse,
pero su condición continuaba siendo crítica. La
contusión que había recibido en su cabeza fue
tan fuerte que la indujo en un coma profundo, del
cual solo su fortaleza y sus ganas de vivir, podían
ayudarla a salir. Sin nada más que la medicina
pudiera hacer, los doctores recomendaron esperar
y elevar plegarias al cielo para que ocurriera un
milagro. Hasta que Miguel Ángel lo echara del
hospital como a un perro, Tito Benavides no se
despegó ni un solo instante de Montse.

-¿Qué hace este malandrín a lado de mi hija? -Dijo Miguel Ángel furioso, en el momento en el que ingresó a la sala de cuidados intensivos.

-Gracias a él, Montse aún sigue respirando -respondió Sara.

-¿Y por qué gracias él? ¿Acaso es algún santo hacedor de milagros o el médico de este hospital? -Volvió a preguntar Miguel Ángel enardecido.

-Gracias a este muchacho, quien donó su sangre, Montse aún tiene una esperanza de vida -le contestó Sara.

-Una vez que mi hija se reponga, haré que cierren este hijueputa hospital ¿Cómo se atrevieron a ensuciar la estirpe Escudero con la sangre de este negro? ¡Quién sabe con cuantas porquerías estará contaminado este animal! -dijo Miguel Ángel, con un odio que le irradiaba por los ojos.

-El hecho de que mi piel sea más oscura que la suya, no significa que mi interior este sucio como el suyo -respondió Tito Benavides.

La oportuna intervención de Sara y de su esposo Juan Emilio Vaqueiro, evitó que Miguel Ángel y sus guardaespaldas masacraran a Tito Benavides, quien salió del hospital con los labios reventados, por la trompada que le propinó Miguel Ángel como agradecimiento por haber salvado la vida de su hija.

-¡Eres un desalmado, como fuiste capaz! Era solo un niño, espero que Dios te perdone por la atrocidad que acabas de hacer -dijo Sara a su padre.

-Tú y tu Dios pueden irse para el mismísimo carajo, pues les guste o no, yo mando en este lugar. Además no entiendo qué haces aquí, si tú ya no perteneces a esta familia -concluyó Miguel Ángel con prepotencia, sintiéndose invencible.

Definitivamente la petulancia y la presuntuosidad de ese hombre no tenían límites, ni el estado crítico de su hija que se hallaba debatiéndose entre la vida y la muerte, lograba doblegar su corazón, pues llegó al punto de pretender obligar a los médicos a que extrajeran del cuerpo de su hija la sangre que Tito Benavides había donado, para que fuera remplazada por la suya. Obviamente los galenos se reusaron, no solo por ética profesional, sino porque aquella estupidez representaba un peligro para la vida de Montse; así hubieran accedido, era tarde, porque su ADN y todas sus células se habían fusionado en una sola dentro de su organismo, por lo cual resultaba sencillamente imposible borrar del cuerpo de Montse la huella que Tito Benavides había dejado impregnada como prueba de su amor. La ira de Miguel Ángel y Laura, quien apareció por el hospital una hora después, recayó sobre su hija mayor, Sara, ya que el hecho de que la sangre de un jovencito de color que se ganaba la vida en los semáforos de la ciudad, estuviera fluyendo por las venas de uno de los suyos, era la humillación más imperdonable, recibida hasta entonces, porque para ellos era más importante cuidar la honra y la reputación de su apellido que la salud de su propia hija. Envés de gastar sus palabras en agradecimiento por tan noble gesto, y en pedir perdón a su retoño por haberla descuidado, dedicaron gran parte de su tiempo en maldecir a quien les había ayudado a mantenerla con vida; menos mal que Montse no presenció ese teatro, porque si había logrado sobrevivir a dicho accidente, seguramente la actitud de sus padres la habría fulminado. Cuando el odio y el resentimiento sobresalen, no hay modales ni glamur que valga, pero aquello era solo una antesala de lo que la vida estaba gestando para la distinguida pareja de esposos, cuyas prendas y fragancias caras ocultaban la escoria que eran.

«Si dos personas nacieron para estar juntas, no habrá poder humano ni barreras que dispongan lo contrario» La guardia que Miguel Ángel ordenó montar a dos de sus guardaespaldas en la entrada del hospital, para impedir que Tito Benavides volviera a acercarse a su hija, fue una completa pérdida de tiempo, porque Montse con o sin el consentimiento de sus padres, buscaría de nuevo al hombre que le robó el corazón y que le salvó la vida. Cinco semanas más tarde, cuando despertó del coma y recuperó la conciencia, las únicas personas a las que vio fue a Sara y a Juan Emilio, el esposo de su hermana, pues como de costumbre, sus padres brillaban por su ausencia. Al enterarse de que Tito Benavides había donado su sangre para salvarle la vida, se quebró y se ahogó en una tempestad de llanto, sintiendo tanta vergüenza que por unos minutos pensó que habría preferido no despertar del coma. Sabía que aparte de sentir dicho arrepentimiento, también debía pedir perdón a todos aquellos que de una u otra manera habían sido afectados por sus actos de rebeldía, pues solo así su cambio estaría completo.

-Yo sé que no lo merezco, pero me gustaría saber si en tu mundo hay un lugar para mí -fueron la palabras que devolvieron las ganas de vivir a Tito Benavides, cuando las escuchó una tarde de noviembre, justo en el momento en el que se disponía a continuar con sus labores, después del receso de treinta minutos que acostumbraba a tomar antes de las cuatro de la tarde. Las palabras melodiosas y llenas de sinceridad que por poco le provocan un infarto, de la emoción, provenían, nada más y nada menos que de su amor platónico, Montse, quien al segundo día de haber abandonado el hospital, completamente restablecida, radiante y hermosa como un jardín de begonias, fue a buscarlo para terminar ese asunto que había quedado a medias por causa del accidente que casi le arrebata la vida.

-Para usted, no solo habrá un lugar en mi mundo, sino también en mi corazón -respondió Tito Benavides, complementando sus palabras con un abrazo que fundió dos almas en una sola.

«El amor es el único sentimiento que carece de explicación lógica, lo único certero es que tarde o temprano su magia nos atrapa a todos por igual, transportándonos a un mundo de colores, en el cual los prejuicios y demás ridiculeces quedan relegadas a un segundo plano; porque cuando dos personas se aman, las adversidades, las barreras y cualquier obstáculo solo fortalece la relación, haciéndola indestructible» La felicidad de Montse, significó la vergüenza más grande para sus padres, no porque hubiera descubierto el verdadero amor, sino por con quien lo descubrió. El hecho de que la sangre de un pobre diablo de piel oscura, cuyo futuro y supervivencia dependía únicamente de las monedas que lograba recolectar a diario, estuviera corriendo por las arterias de Montse, pese a que fue humillante, Laura y Miguel Ángel terminaron por aceptarlo y poco a poco estaban asimilándolo; pero que su niña consentida, a quien trataron por todos los medios de que fuera igual a ellos, se enamorara de ese pobre diablo que le salvó la vida, fue sencillamente como introducir sal en una herida abierta.

Por medio de Tito Benavides la vida de cierto modo, les dio de su propia medicina, haciendo que se tragaran uno a uno sus estúpidos prejuicios racistas. A lo mejor ese negro, como Laura y Miguel Ángel se referían a él, carecía de conocimientos académicos, pero lo que le faltaba de instrucción intelectual le sobraba de dignidad, honradez, sinceridad, respeto y todos aquellos valores que hacen a una persona excepcional, sin importar si viste de seda o si lleva los mismos harapos pestilentes de siempre; pues no sirve de nada vestir elegante y lucir impecable si la conciencia está más sucia que una letrina «La mierda que caga un rico es igual de sucia y apestosa que la mierda que caga un pobre, con la diferencia de que el rico caga más porque come más»

A partir de esa tarde de noviembre, que por cierto fue también martes, Tito Benavides y Montserrat Escudero, escribieron un nuevo capítulo en sus vidas, ya que pudo más el amor que sentían, que los intentos fallidos de Laura y Miguel Ángel por separarlos. Antes de que Montse tomara la decisión de entregarse a las autoridades para asumir las consecuencias de sus actos rebeldes, como el que había segado la vida de un muchachito meses atrás, todas las tardes, luego del colegio iba a ayudar a Tito Benavides a conseguir las monedas que tanto necesitaba. Atrás quedaron los lujos, las excentricidades y los amigos plásticos, quienes se convirtieron en sus enemigos porque no concebían que la chica los hubiera cambiado por alguien inferior a ellos. Después de ocho años, una vez que Montse cumplió su condena, la pareja de eternos enamorados, por medio del matrimonio, consolidó su amor para siempre. Gracias a Sara y a su esposo, Juan Emilio, Tito Benavides era para entonces profesional y estaba a cargo de uno de los centros comunitarios que dirigía Sara. Así mismo a los dos hermanos menores del jovencito que fue víctima de los años rebeldes de Montse, Sara los acogió como miembros de su familia, para compensar parcialmente la irresponsabilidad de su hermana. Por su parte, si Laura y Miguel Ángel, hubieran dejado de lado su orgullo, este capítulo de su historia habría tenido un final de fábula, pero eligieron otro camino, el cual terminó haciéndolos víctimas de su ambición.

XII

«Todo buen hijo que ama a sus progenitores, sabe que hay que honrarlos tal y como lo dispuso el creador en uno de sus mandamientos» Si habían personas que pasaron por alto dicha disposición divina, eran Consuelo y Sebastián, quienes no solo incumplieron el mandamiento, sino que lo hicieron con tal determinación que olvidaron el dolor que sintió su madre al parirlos, así como el sufrimiento que pasaron sus padres para traerlos al mundo; principalmente Consuelo, ya que Sebastián a temprana edad mostraba ser un caso perdido. La niña que hasta los quince años era el orgullo de Alicia y de Joaquín y el ejemplo que otros padres tomaban para sus hijas, como si hubiera pasado por un proceso evolutivo, de un momento a otro dio un cambio radical. La chiquilla inocente, dulce y encantadora que solía conquistar con su ternura, de repente se convirtió en una mujer malévola y seductora, capaz de hacer lo que fuese para conseguir sus objetivos. Al igual que cada uno de sus triunfos, la lista de amantes que caían en sus redes, cada vez iba en aumento, pues pese a saber de su poder destructivo, varios masoquistas insistían en disfrutar de sus encantos. Aquellos que sobrevivieron al embate de ese amor, habrían de lamentarlo toda la vida, porque Consuelo aparte de volverlos miserables económicamente, les arrancaba el alma condenándolos a vivir como seres inertes, incapaces de sentir alguna emoción; el resto, se llevaron a sus tumbas la satisfacción y el placer de haber dormido en los brazos de una reina, ese era el precio a pagar por atreverse a dormir en el lecho de Consuelo Flores.

De los logros conseguidos hasta entonces, ocupar el trono como soberana de la ciudad, se había convertido en uno de sus mayores objetivos, el cual días más tarde consiguió de manera unánime, sin embargo, la obsesión enfermiza de Laura por conquistar un amor que no fue hecho para ella, puso fin a ese reinado a tan solo dos meses de haber iniciado.

-Las cláusulas del contrato fueron bastante claras -dijo Laura furiosa, cuando supo que Consuelo participaría en el certamen de belleza para elegir a la nueva reina de Aránzazu.

-Lo apruebes o no, participaré, tú no tienes potestad para impedírmelo -le respondió Consuelo.

Ante dicha respuesta, Laura no tuvo más remedio que tragarse el resto de la discusión, hacerse la de la vista gorda con respecto a las dichosas cláusulas y ayudar a que Consuelo cumpliera con uno más de sus caprichos, pues no quería echar por la borda todo lo que había ganado, ya que a pesar de los continuos rechazos, aún mantenía la esperanza de que tarde o temprano, Consuelo accediera a extinguir el fuego y el deseo incontrolable que calcinaba su interior. Precisamente el día en el que Consuelo iba a ser coronada, Laura pensaba jugarse la última carta, pero por circunstancias de la vida, que involucraron a su hija Montse, tuvo que posponer sus planes de conquista; motivo por el cual la bella cenicienta, Consuelo, por primera vez llegaba sin su hada madrina, Laura, a un evento tan importante, que cambió de una vez y para siempre el rumbo de su vida.

Quizá Laura no estaba presente físicamente en dicho certamen, pero su poder y sus influencias conspiraron para que los jueces dieran como ganadora absoluta a Consuelo Flores, cumpliendo otro de sus caprichos, pero allí no terminaban las maravillas para la flamante reina, a quien otra sorpresa importante, llevaba aguardándola varias horas posada a la entrada del anfiteatro. En el instante en el que la nueva reina salió de dicho establecimiento, una cabellera plateada de repente captó su atención, al reconocer una pequeña marca que tenía en la mejilla izquierda, la misma que ella había heredado a un extremo del labio superior como prueba irrefutable de su laso genético, su corazón se quebrantó, así que pidió que lo levantaran del pavimento en el que se encontraba postrado. Desistió de hacerlo ella misma, ya que pudo más la vergüenza que llegaría a sentir, si se enteraban de que aquel pobre diablo era el progenitor de la nueva soberana de Aránzazu, que el amor y la compasión que debía mostrar hacia el hombre que le dio la vida. Por lo tanto, se limitó a sacar de su cartera cinco monedas de diez centavos cada una, para arrojárselas; acción que fue vista por los presentes como digno ejemplo de solidaridad. No obstante, si hubieran sabido que su reina acababa de corresponder con cinco miserables monedas al amor incondicional que su padre tenía para ella, seguramente la repudiarían. Posterior a ello, abordó el vehículo que la transportaba y se esfumó de aquel lugar, llevándose consigo el abrazo que su padre tanto anhelaba, como pequeña muestra de afecto, el cual habría ayudado a aliviar su terrible pena. Pero para ella sencillamente era más importante evitar ciertos comentarios, que cambiar la imagen de tristeza y de soledad que embargaba a la persona que le dio la vida; imagen de la cual, ella y Sebastián eran responsables.

«A veces somos tan ciegos que no vemos o no queremos ver las oportunidades que la vida nos pone en frente» Cuando Consuelo tuvo todo a su favor para ayudar a su padre a liberarse de las cadenas de la soledad y para compensar de algún modo los años de abandono, no lo hizo, dejando pasar la única oportunidad que la vida le puso en frente. Cuatro días más tarde, una vez que recuperó la razón que había perdido a causa de una celebración desenfrenada, y que el alcohol y los somníferos dejaron de anestesiar su conciencia, se levantó dispuesta a buscar a su padre para remediar la situación; sin embargo su falta de ovarios y de carácter para enfrentar la realidad, prevaleció de nuevo, colocando a su progenitor y a su prestigio en la balanza; pues para ella era más fácil digerir los comentarios que cada vez sonaban con más fuerza, con respecto a las seis primeras letras de su brillante reputación, que pasar por la vergüenza, si su entorno descubriese que su verdadero padre era aquel pobre diablo que vivía en el cementerio velando la tumba de su esposa y no el político acaudalado que estaba en Europa, como hacía creer a todos.

Aparte de una corona de diamantes incrustados en oro blanco de 18 quilates, que Consuelo llevó a su casa, la cual hizo que su fama y su popularidad se elevaran como un globo aerostático hasta lo más alto del cielo, aquella noche también se hizo merecedora a un prestigioso reconocimiento, o más bien a un título, por parte de algunos de sus amantes frustrados y de varias esposas y novias dolidas por haberles robado a sus parejas. Basándose en las pruebas que ella nunca se preocupó por ocultar, dos palabras que le vinieron como anillo al dedo fueron más que suficientes para describir su personalidad, y contrario a la corona que obtuvo por artimañas de Laura, dicho título lo ganó por méritos propios. Fue así como Consuelo Flores, llegó a ser conocida en toda la ciudad, como la **viuda negra**, reina de Aránzazu. Todo aquel que alguna vez durmió en su cama, y sobrevivió a su amor, podrá corroborar que Consuelo Flores es más realidad que ficción.

«En el amor y en la guerra todas las armas son válidas» No había ninguna duda de que Laura Escudero, en cuestión de negocios, era una experta, pero en asuntos del amor y del corazón, le faltaba mucho por aprender. La semilla que cuidó y que alimentó por un largo período, nunca germinó, así que consciente de que el tiempo y el dinero invertido en dicha semilla, sería irrecuperable, estaba dispuesta a descontar a las buenas o a las malas todo lo que había hecho por Consuelo, desde el primer cheque que recibió como modelo, hasta la corona de reina que ganó gracias a su ayuda y para ello contaba con un plan bien elaborado, y con cómplices que le ayudarían a ejecutarlo.

Dos días después de que Consuelo fuera coronada como reina, para ser preciso un domingo, una vez que su hija Montse pasó de un estado crítico a estable, Laura apareció sin anunciarse en el departamento de Consuelo, como a eso de las once de la noche. El par de amigos afeminados, su masajista y su estilista, con quienes Consuelo había armado la fiesta para celebrar su reinado, y a quienes Laura veía como las hermanas que nunca tuvo, se marcharon del lugar, dejando a Consuelo servida en bandeja de plata para que Laura hiciese con ella lo que se le antojara. Antes de salir, con una voz de mujer que provenía del interior de un hombre, uno de ellos lanzó un sarcasmo:

-Querida ahí te la dejamos, que la disfrutes -luego se perdieron echando carcajadas, como un par de niñas felices, cumpliendo de ese modo con la primera fase del mencionado plan.

El exceso de alcohol y de estupefacientes, transportaron a Consuelo a otra dimensión, ahora solo era cuestión de esperar algunos minutos para que hiciera efecto la sustancia, que sus supuestos amigos, le dieron a beber en el brindis de despedida, aquella que alteró sus hormonas, haciéndola sentir como una perra en celo. El silencio de una habitación y Consuelo convertida en una dócil y sumisa gatita, era lo que Laura necesitaba para dejar volar su imaginación y para dar rienda suelta a un intenso derroche de amor que no dejó nada por inventar.

«Nadie conoce mejor el cuerpo de una mujer, que otra mujer» Cuando las manos de Laura empezaron a recorrer las curvas de una figura perfecta, causante de delirio y de largas noches de insomnio de varios casanovas que soñaban con acariciarla, supo que valió la pena esperar todos esos años, pues la sedosidad de aquella piel exquisita, la llevó directamente al cielo. No sé si por los efectos de la sustancia que le dieron de beber sus amigos o porque también ella quería experimentar algo nuevo, Consuelo correspondió de manera provocativa a las caricias que le propinó Laura sin su consentimiento. Para Laura aquella reacción no podía ser mejor, pues veía como poco a poco su sueño iba haciéndose realidad.

Después de una larga sesión de besos apasionados que elevaron la temperatura de sus cuerpos y a la vez la de toda la habitación; tal como lo haría un seductor experimentado, lenta y sutilmente, Laura fue despojando a Consuelo de las dos únicas prendas que cubrían sus encantos más intimamos y apetitosos; empezando por la parte superior, que dejaba a la vista y para el deleite, un par de montañas de medidas perfectas, cuyas colinas apuntaban hacia el techo con firmeza y rigidez absoluta, como prueba de que Laura estaba haciendo bien su trabajo. Una vez sin nada que le impidiera devorarlas, como si fuese un bebé hambriento, Laura descargó todas las ganas y los deseos que llevaba por años guardados en un closet. Luego de haberlas devorado milímetro a milímetro y de haberse saciado de la belleza exuberante de ese par de ejemplares, siguió explorando la infinita exquisitez de un cuerpo que en ese punto, empezaba a mostrar retorcijones de placer.

Sin más testigos que ellas dos, con muchas cosas por hacer y por inventar, pero sobre todo con la noche a su favor, en sus cabezas no hubo espacio para la moral, mucho menos para la decencia y tampoco para el pudor. Sin ningún remordimiento, mas lamentando haber desperdiciado tantos años de felicidad, Laura se sumergió en el laberinto excitante de una piel que invitaba a seguir disfrutándola. Ayudada por sus labios y por sus manos, Laura continúo explorando minuciosamente de extremo a extremo, de pies a cabeza, la silueta semidesnuda de Consuelo, hasta hacer un alto en el centro de su cuerpo. Mientras ella también se despojaba de sus ropas, tomando un pequeño respiro, ancló su lengua en el ombligo de Consuelo, dándole un preámbulo de lo que le esperaba, cuando su boca se deslizara por ese monte de venus que ardía sin dar pie a la espera. Desde la primera caricia, hasta que Laura terminó de despojar a Consuelo de la diminuta prenda que se interponía entre ella y el manantial soñado, del cual esperaba beber con ansias, habían pasado cuarenta minutos; sin embargo lo que faltaba por vivir y por descubrir, no se comparaba en nada a esos cuarenta minutos, los cuales, hasta entonces, fueron para Laura los más maravillosos de su vida.

Luego de un magistral intercambio de saliva, de caricias y de algunos revolcones, que iniciaron sobre un viejo sillón y terminaron en la cama, y sin más abrigos que su propia piel, como si fuese un viejo lobo de mar, que conoce palmo a palmo la profundidad de cada océano de este planeta, Laura se lanzó de lleno hacia el lugar más profundo y húmedo de la piel de Consuelo; el mismo que sobresalía como una hermosísima flor de pétalos rosados, en el fondo de una pradera. A medida que Laura iba activando con su boca, cada punto sensible de esa hermosa flor, una descarga recorría el cuerpo de Consuelo, haciendo que sus gemidos y sus aullidos de placer aumentaran exageradamente varios decibeles; lo cual incomodó a sus vecinos, quienes mostraban su frustración por el continuo toqueteo en las paredes, pues a pesar de que anteriormente habían escuchado las escenas amorosas de Consuelo, ninguna les impresionó tanto como la de aquella vez.

«Momentos como esos llegan una sola vez, así hay que aprovecharlos» Lloviera, tronara, relampagueara o el edificio se viniera abajo, Laura no permitiría que nada ni nadie echaran a perder aquel glorioso momento, así que con palabras acordes a la ocasión, respondió al reclamo de los vecinos.

-¿Qué joden hijueputas, acaso no tienen a alguien que se los haga? -

Antes de que Laura pronunciara dichas palabras, Consuelo ya había experimentado en carne propia, alrededor de cuatro veces, todo lo que los científicos hablan acerca del orgasmo, así que era hora de devolver a Laura aquel gran favor. Por medio de aparatos de diferentes formas, tamaños y colores, de goma y de hule, que iban apareciendo en cada escena, compensaban la falta de carne, entregándose si medida a una sesión erótica que se prolongó hasta el amanecer. Aunque para sus vecinos fue una pesadilla, que soportaron en desvelo involuntario, para Laura fue la mejor noche de su vida, aunque también, sería la última.

Con la llegada del alba y con cada rayo de luz que penetraba por el cristal de la venta e iluminaba la cabellera azabache de Consuelo, Laura buscaba nuevamente sus labios, convencida de que recibiría besos como desayuno, pero lo único que recibió fue rechazo y desprecio.

-¿Qué haces aquí? ¿Quién te autorizó a dormir en mi cama? ¡Perra, te dije que yo bebo de botella, no de pozo! -Gritó Consuelo histérica, cuando descubrió que ambas estaban completamente desnudas.

La dócil e inocente gatita que había sido pocas horas antes, había vuelto a su estado natural de fiera dominante e indomable. Con cada cosa que terminada hecha trizas, tanto en el piso como en las paredes de la habitación, Consuelo dejaba ver a Laura su descontento; tanto que posteriormente la echó sin ninguna contemplación y con la consigna de que no volviera a poner un pie en aquel lugar. Para evitar altercados mayores, que pudieran haber terminado en tragedia, Laura, quien tenía más derecho sobre ese departamento, ya que era la verdadera dueña, se marchó sin decir ni una palabra, pues al fin y al cabo había conseguido lo que quería, así que cualquier desaire de Consuelo, era minimizado ante la inmensa felicidad que sentía por lo vivido la noche anterior. Consuelo por su parte, una vez que terminó de desbaratar el departamento, buscando probarse a sí misma, que lo sucedido con Laura no era más que el resultado de la sustancia que sus amigos introdujeron en su cuerpo y no un engaño de su orientación bien definida, llamó a dos de sus amantes, para que sus espadas afro caribeñas la sodomizaran al mismo tiempo.

A partir de la fecha, tuvieron que pasar cuarenta y cinco días para que Laura y Consuelo volvieran a cruzar palabra. Un compromiso importante que involucraba a ambas, fue la excusa perfecta para que la cenicienta y su hada madrina, limaran asperezas, sin embargo, ya nada sería igual, principalmente para Laura, quien después de lo sucedido, prefería ver a Consuelo dentro de una fosa, antes que en brazos de alguien. Por esa razón, en represalia por cada uno de los rechazos que sufrió, Consuelo tendría el mismo destino que el resto de las niñas que Laura enviaba al extranjero, supuestamente a formarse como modelos.

-Si ha de tener amores que sea lejos de mí -dijo Laura, antes de sellar el destino de su cenicienta.

Precisamente, quince días después de que las amigas hicieran las paces, justo el día en el que Consuelo cumpliría su segundo mes de reinado, argumentando que los socios requerían de su presencia para que fuera la portada de importantes revistas de moda en Japón, Laura logró que Consuelo abordara el avión que la llevaría a su purgatorio.

XIII

«Cualquier muralla por más fuerte y resistente que parezca, si no fue edificada en buen terreno, hasta una diminuta grieta o fisura, puede hacer que se venga abajo» Para una mujer como Laura, quien tenía más secretos, que estrellas tiene el firmamento, era conveniente que la vida de los demás transcurriera a su ritmo. Desde que era niña, su forma de actuar, de pensar y de sentir, difería completamente con las costumbres moralistas que su familia mantenía por generaciones, cuidando sostener una fachada impecable, aunque su interior estuviera pudriéndose. Por el hecho de tener gustos y preferencias distintas a las de otras mujeres, y porque pudo más su miedo a ser rechazada por la sociedad y por su familia, antes que su propia felicidad, su mundo fue comprimido al espacio reducido de un closet. Nada más que el amor que debía tener a sí misma, podía llenar el vacío de su vida, pues pese a tener esposo e hijas, cada vez se hundía más en la soledad, soledad que hacía de ella una persona maliciosa, quien sin derecho lastimaba a los más vulnerables, supuestamente para cobrarle a la vida, el daño que le había hecho. «Típico de todo cobarde que de algún modo, busca justificar sus errores» Pero fueron precisamente sus errores, quienes terminaron delatando a la distinguida señora de Escudero.

Con todo lo astuta y precavida que era Laura, no se percató de lo que estaba gestándose a sus espaldas, así que cuando quiso reaccionar, estaba hundida hasta el cuello. La mentira que puso a Consuelo en tierra nipona, fue la puerta que permitió a la agente Alexandra Carmona, ingresar a uno de los secretos mejor guardados de Laura, el mismo que no solo reveló detalles comprometedores del verdadero origen de sus finanzas, sino además el paradero de decenas de niñas, que injustamente habían sido condenadas a vivir un infierno, por confiar en una persona malévola devoradora de sueños. Pero cada vez estaba más cerca el final, para la bruja de este cuento.

La habilidad de la agente para interactuar y socializar con las personas, jugó un papel preponderante en la investigación, ya que aparte de ganarse la amistad, se ganó también la confianza de Laura, quien encontró en su espía la amiga y la confidente que buscaba, motivo por el cual la agente Carmona, no necesitó recurrir a estrategias sofisticadas de espionaje para obtener la información necesaria que ayudaría a desmantelar una red gigantesca, dedicada a la trata de blancas, la cual operaba en Europa, Asia y Latinoamérica y cuyo líder principal de la región, era nada más y nada menos que la señora Escudero, quien a su vez se sentía acorralada, no solo por las autoridades que descubrieron sus verdaderas andanzas, sino también por su hija mayor Sara, quien además jugó un papel determinante con respeto al futuro de su progenitora.

La muerte de María Cristina conmocionó a todo un pueblo y a una persona noble y solidaria como Sara, el dolor de una madre que imploraba justicia, no le fue indiferente. Su relación directa con la principal sospechosa, de cierto modo la hizo sentirse culpable de aquella muerte; para ella que odiaba la injusticia, todo delito debía ser castigado fuera cual fuera el culpable, y sentía que era su deber llegar hasta el fondo de ese embrollo. En un intento por acercarse a su familia, Sara en varias ocasiones trató de hablar con su madre para restablecer la relación, pero cada uno de sus intentos fue en vano, pues si Laura no estaba ocupada, estaba fuera atendiendo sus negocios, así que nunca le dio la oportunidad a su hija de hablar con ella. Cansada de tantas evasivas, una tarde Sara llegó a la academia de su madre, sin advertir sobre su visita y lo que descubrió, o más bien lo que escuchó, corroboró lo que todo el mundo comentaba acerca de su madre, pero que ella se negaba a creer.

-Tengo personas importantes trabajando para mí, no hay manera de que nos descubran, todo está bajo control. Por ahora te encargo a Consuelo, por favor procura tratarla como lo merece -dijo Laura con palabras sarcásticas a quien estaba al otro lado del teléfono, y continúo: -El mes entrante tengo previsto enviar tres niñas más, pero te van a costar el doble. Te aseguro que con ellas obtendrás grandes ganancias- Esa fue parte de la conversación, que sostuvo con uno de sus socios aquella tarde, la cual hicieron en un inglés forzado, para que los "sapos", como ella solía decir, no entendieran de lo que estaban hablando.

Lo que Laura desconocía, era que su hija había escuchado cada detalle de dicha conversación, pues para su desgracia, Sara entendía y hablaba perfectamente el leguaje shakesperiano. Aunque Sara quería confrontar a su madre por lo que había escuchado, desistió de hacerlo, ya que pudo más la vergüenza que sintió por su progenitora, que las ganas que tenía de verla y de hablar con ella. Por su parte Laura no supo de la visita de su hija, hasta dos meses más tarde, cuando se llevó a cabo la primera audiencia para juzgarla por sus delitos.

«Todo esfuerzo trae sus frutos» La brillante idea que tuvieron las autoridades encabezadas por el agente Miranda, de infiltrar espías a las respectivas guaridas de los dos criminales más escurridizos de la ciudad, finalmente dio los primeros resultados. Tomando como base la valiosa información obtenida por parte de la agente Alexandra, las autoridades se preparaban para dar marcha a otro importante operativo denominado "libertad", el cual involucraba a oficiales de varios países, y que estaba previsto para ejecutarse un veinte de julio. Ignorando completamente que los agentes fraguaban una estrategia muy bien elaborada para su arresto, Laura continúo con su plan de enviar a las niñas, para cumplir con la promesa que había hecho a sus socios.

Mientras el país y la ciudad amanecían de fiesta y se preparaban para conmemorar un aniversario más de su independencia, en otro punto de la urbe, Laura estaba a punto de recibir una sorpresa que cambiaría su vida. Posterior a aquel día, cada veinte de julio, ella habría de recordarlo no como una fecha memorable de la historia, sino como el día que marcó el principio de su fin. De la misma manera que acostumbraba hacer cada vez que las niñas iban a viajar, Laura arribó temprano al aeropuerto para ultimar detalles con los contactos que operaban dentro de la terminal aérea. Treinta minutos más tarde, su chofer llegó con las tres niñas, quienes, según Laura, eran afortunadas por haber ganado la beca que les permitiría continuar con sus estudios de modelaje fuera del país. Sin tener la menor idea de que cada uno de sus movimientos estaba siendo monitoreado minuciosamente, luego de entregar los pasajes y los respectivos documentos de viaje a cada una de las menores, con el beso y el abrazo con que Judas entregó al maestro, se despidió de ellas, no sin antes dejarles claro cuál sería el siguiente paso al ingresar al puesto de control.

Siguiendo al pie de la letra cada una de las indicaciones hechas por su mentora, las niñas procedieron a colocarse en su muñeca derecha una señal que solo Laura y sus contactos conocían; posterior a eso, cada una por separado se dirigió hacia los oficiales de migración y de la aduana para la revisión obligatoria de documentos que suele hacerse antes de cada viaje. A pesar de que ninguna portaba el permiso que se solicita a los menores antes de abandonar el país y de que sus visas eran tan falsas como el beso y el abrazo que recibieron por parte de Laura como despedida, los oficiales de migración, quienes también estaban siendo vigilados por los agentes involucrados en dicho operativo, permitieron que las niñas continuaran con su viaje sin poner ninguna objeción.

Laura cien por ciento convencida de que todo estaba marchando a la perfección, una vez que recibió la señal que confirmaba la presencia de las menores en la sala de espera, hizo su llamada de rigor para informar a sus socios que la mercadería iba en camino; pero lo que ellos desconocían, era que estaban pagando para ser arrestados. Efectivamente, las tres niñas que serían objeto de comercio de algunos inescrupulosos que se lucran con la inocencia y con la dignidad de los más vulnerables, fueron separadas por los agentes del resto de los pasajeros, y más tarde, devueltas a sus respectivas familias; en su lugar viajaron tres oficiales que ocuparon el puesto de aquellas chiquillas y dos agentes vestidos de civil para resguardarlas, como parte del operativo que se llevó a cabo conjuntamente con las autoridades del país al que se dirigían dichas menores.

-Señora Escudero, queda arrestada bajo el cargo de trata de blancas y tráfico de personas -dijo la agente Alexandra Carmona a Laura, una vez que los oficiales fueron notificados por el banco de la transacción millonaria que se hizo desde el exterior a una de sus cuentas personales.

-¡Pero amiga! ¿Qué clase de broma es esta? -Preguntó Laura sorprendida, al ver que su empleada estaba arrestándola.

-No señora, no se trata de ninguna broma, y quiero dejar claro que yo no soy su amiga. Tiene derecho a un abogado, cualquier cosa que haga o diga será usada en su contra -volvió a decir la agente, mostrando la credencial que la acreditaba como oficial del orden.

-¡Maldita perra! ¡Cómo pudiste hacerme esto! Después de que te brindé mi amistad y mi confianza. ¡Te juro que me la vas a pagar! -Gritó Laura histérica, abalanzándose sobre la agente para tratar de agredirla.

-La agresión a un oficial es considerada un delito grave, sin embargo no pienso formular cargos por haberlo hecho. Tómelo como una rebaja de pena a todos los años que le esperan en la cárcel por sus delitos -concluyó la agente, al tiempo que ponía las esposas a Laura, asistida por tres de sus colegas.

Para evitar cualquier tipo de violencia, minutos antes el agente Miranda y dos oficiales más, habían neutralizado tanto al chofer como a los guardaespaldas de la señora; de ese modo el operativo denominado "libertad", el cual había tomado varios meses de planificación, tras una exhaustiva investigación que involucró a oficiales de varios países, finalizó exitosamente con la liberación de decenas de menores y con el arresto de todos aquellos malditos cobardes que lograron pisotear sus inocencias y su dignidad. A la mañana siguiente, la foto de Laura y de diez personas más, entre ellos oficiales de migración y funcionarios públicos que laboraban en la terminal aérea, ocupaba las primeras planas de todos los medios noticiosos del país, convirtiéndose en la noticia del día. La prensa internacional, hizo exactamente lo mismo con el resto de los criminales que fueron arrestados en los respectivos países.

Aparte del arresto de la señora Escudero, aquel veinte de julio se produjo otro acontecimiento que también requería atención, sin embargo no trascendió y solo se quedó como un hecho aislado de las noticias; pues la detención de la esposa del alcalde, una de las damas más reconocidas dentro del ámbito social, era la noticia más vendible, antes que la matanza de algunos miserables perpetuada en una zona rural de la ciudad.

«El verdadero modo de vengarse de un enemigo, es no parecérsele» Palabras dichas por el emperador romano Marco Aurelio, como ejemplo de que no es necesario recurrir a la violencia para impartir justicia, sin embargo, Renata y Sebastián, al optar por las armas fueron en contra de dicho ejemplo.

«Dame tu amor, pero no todo hoy, que mañana también voy a necesitar. Prefiero que me des un beso de verdad, a que me des miles, obligados quizás. Dame tu amor, pero de verdad, quiero amarte hoy, no puedo esperar. Prefiero un minuto valioso de tu tiempo, a días enteros, solo por cumplimiento. Yo por ti, iría al fin del mundo y más allá, aquí estoy mujer, solo pruébame y veras. Te voy a demostrar de qué es capaz un hombre, cuando se trata de amar. Yo por ti, me juego la vida a perder, si fuera a morir, por ti vuelvo a nacer. Nada es suficiente para amarte mujer. Si no vuelvo, búscame en tus recuerdos, que yo te esperare en la otra vida, para amarte de nuevo» Fue parte de la letra de una melodía desafinada, que Sebastián improvisó aquella madrugada, contemplando la figura semidesnuda de Renata quien parecía dormir profundamente, después de una noche desenfrenada de pasión; seguido de ello, besó su pistola nueve milímetros, hizo con ella una cruz en su frente y en su pecho, la guardó dentro de su abrigo y se marchó a reunirse con el resto de sus amigos que lo estaban esperando en el lugar previamente acordado, para ultimar detalles antes de dar inicio a la cacería del Conde.

Una vez que Sebastián abandonó la habitación, las lágrimas de Renata empaparon la almohada. Ella había estado despierta, tan solo fingía dormir para evitar sentir el dolor que conlleva toda despedida. Angustiada y con el corazón en la mano, caminó hacia la ventana para observar a Sebastián, pero lo único que logró divisar fue su silueta, la cual iba perdiéndose poco a poco en la oscuridad de la noche. En ese momento el reloj marcaba las cuatro menos diez de la madrugada, de un veinte de julio. Por todo lo que significaba esa fecha para ella, aquel día iba a ser uno de los más importantes de su vida, pues aparte de conmemorar otro aniversario de la independencia de la tierra que la vio nacer y de celebrar un año más de existencia, si todo salía de acuerdo a lo planificado, en pocas horas tendría en sus garras a uno de los hombres que le desgració la vida; quien irónicamente, por cosas que solo el universo sabe cómo las hace, resultó ser nada más y nada menos que su mejor amigo; pero para ella, dicha amistad no era más que una simple equivocación y un asunto ya superado.

Por el peligro que representaba dicha misión, la fe de Renata volvió a surgir, al encomendar a todos los santos habidos y por haber el bienestar de Sebastián y de sus amigos; a partir de ese instante no concilió de nuevo el sueño, solo se dedicó a caminar por la habitación envuelta en una densa cortina de humo, debido a los cigarros que iba quemando, como una manera peligrosa y poco saludable de calmar la ansiedad.

Mientras que a ella la consumían la impaciencia y la desesperación, Sebastián y sus amigos estaban en el mismo seno del enemigo. Como si fueran soldados bien entrenados, cada uno fue posicionándose en los lugares que Renata en su labor de espionaje, había afirmado que eran la trinchera del Conde y de todos sus secuaces. De los veinte hombres que acompañaban a Sebastián, cinco de ellos se quedaron haciendo guardia, mientras que los otros se parapetaron fuertemente armados y dispuestos a todo, cuidando las posibles rutas de escape, solo esperaban órdenes de su líder, para dar inicio a la persecución del enemigo dentro de su propia casa. Treinta minutos antes de haber invadido territorio hostil, Sebastián y sus hombres, por medio de un abrazo realizado en conjunto, reanudaron su pacto de amistad, el mismo que fue complementado con una sustancia revitalizadora, que cada uno fue introduciendo por su nariz, como modo absurdo de estimular sus sentidos.

-No hay deuda que no sea cobrada con intereses, por cada uno de nuestros hermanos que asesinaron, vamos a desaparecer a cuatro de ellos. Con el resto de la manada pueden hacer lo que quieran, el líder alfa es mío -dijo Sebastián, dando orden a sus pupilos de iniciar el asalto.

Debido a la quietud y a la calma que reinaban en dicho vecindario, los primeros disparos hechos a quemarropa por parte de la gente de Sebastián, retumbaron como poderosas descargas eléctricas que anticipaban la llegada de una gran tormenta, cosa que no sorprendió en lo más mínimo al resto de los residentes, quienes continuaron con su descanso habitual, como algo normal a lo que ya estaban acostumbrados. Producto de las constantes balaceras que casi a diario ocurrían en aquel lugar, ellos no se sorprendían por los disparos, sino por el número de muertos que encontraban en la mañana. Aunque nada justifica alegrarse por la desgracia de los demás, de cierto modo los residentes del vecindario estaban a punto de celebrar, pues el principal causante de tener en zozobra a esa humilde comunidad, estaba a punto de emprender un viaje sin retorno.

-Si crees en Dios es mejor que empieces a rezar, porque ahora solo un milagro te puede salvar -dijo Sebastián, en el momento en el que irrumpió en la guarida del Conde, mientras apuntaba con su arma a la altura de la cabeza, al cuerpo que yacía inmóvil debajo de las sábanas.

-Veo que no te enseñaron buenos modales, ¿esta es la forma en la que recibes a tus visitas? -volvió a hablar Sebastián, pero esta vez con más autoridad, al percatarse de que dicho cuerpo no reaccionaba ante sus palabras.

Furibundo por semejante desplante, posicionó su arma a la altura de las extremidades inferiores y descargó dos balas sobre ellas.

-¡Menos mal que las almohadas no sienten dolor! Solo los cobardes atacan a sus enemigos de esa manera, creíste que te daría ventaja. Debes estar loco o tener los huevos bien puestos, para venir a agredirme en mi propia casa -dijo el Conde, quien apareció de la nada, colocando el cañón de un revolver treinta y ocho largo en la nuca de Sebastián, en el instante en el que este se disponía a hurgar para mirar qué había debajo de las sábanas.

-Si vas a matarme, te sugiero que lo hagas ahora, porque si no, vas a ser tú quien me suplique que te mate, cuando te desgarre cada centímetro de la piel -respondió Sebastián sin ninguna intimidación.

-Maldito perro, por supuesto que vas a morir, pero antes tu insolencia será cobrada con sufrimiento y con dolor. Nada de esto estaría pasando si te hubieras unido a nosotros, ahora tu barrio va a ser mío y el patrón podrá construir sus laboratorios sin problema -dijo el Conde, ordenándole que se arrodillara ante él para ejecutarlo.

-¡Porque no aprietas el gatillo y acabamos con esta mierda de una vez! Jamás me he arrodillado ante nadie y hoy no será la excepción -contestó Sebastián, girando hacia su enemigo hasta quedar frente a frente con él.

-Quién te manda a jugar al héroe, tu vida ahora está en mis manos, si me lo suplicas quizá te deje ir -concluyó el Conde, echándose a reír, al tiempo que destrozaba la rodilla de Sebastián de un balazo.

Tendido en el suelo sin ninguna forma de defenderse, Sebastián solo esperaba que su enemigo le diera el tiro de gracia, sin embargo, cuando el Conde se disponía a llenarlo de plomo, tres de sus camaradas irrumpieron en la habitación, logrando doblegar al Conde y salvar la vida de su amigo. Aquel asalto que duró aproximadamente quince minutos, dejó como saldo doce individuos acribillados sin piedad, varios heridos y al Conde bajo el poder de Sebastián y de sus hombres, quienes no sufrieron ninguna baja. Gracias al minucioso trabajo de inteligencia realizado por Renata, Sebastián y sus amigos cumplieron satisfactoriamente con su objetivo, logrando neutralizar y dar de baja a varios de sus enemigos, cuyo líder fue capturado vivo, como presente especial para Renata en su día. Después de varios años, un trágico capitulo que formaba parte de su pasado tormentoso, estaba a punto de abrirse de nuevo, pero esta vez el victimario sería la víctima, y la víctima sería el verdugo.

-Feliz cumpleaños mi amor, su regalito ya está en el lugar que usted quería, pero no olvide que hicimos una promesa, haga lo que tenga que hacer para largarnos de una vez de aquí y empezar una nueva vida en otro lugar -dijo Sebastián, desplomándose en los brazos de Renata, debido al dolor y a la pérdida de sangre ocasionada por la herida en su rodilla.

Si ellos dos pensaban que con la captura del Conde todo había terminado, estaban completamente equivocados, pues la promesa de deponer las armas, una vez que hubieran acabado con su enemigo, la cual formularon en una de sus noches de pasión, quedó solo como un buen deseo, ya que aquello estaba por abrir la caja de pandora, la cual guardaba motivos más que suficientes para incumplir dicha promesa y para prepararse para una guerra inminente contra el Camaleón.

-¿Pantera eres tú? Sabía que no me abandonarías, ayúdame a salir de este lugar, tenemos que reorganizarnos para acabar con todos esos bastardos que me trajeron aquí -dijo el Conde con un tono de felicidad, en el momento en el que el aroma inconfundible de Renata penetró por uno de sus sentidos, la mañana siguiente, cuando ella fue a encararlo.

-No tan de prisa mi Conde, antes tú y yo tenemos que arreglar un asuntico pendiente -respondió Renata, quitando la venda de los ojos de su amigo y levantándolo del suelo en el que se encontraba atado de pies y de manos.

-Lo único importante ahora, es informar al patrón todo lo que está sucediendo -habló de nuevo el Conde, sin saber por qué estaba en ese lugar.

-Recuerdas que prometí regresarte tu dichoso brazalete en una fecha especial para mí. Pues ayer era ese día, pero no pude hacerlo porque tenía que cuidar a mi novio, un día más, un día menos da igual; lo importante es que estoy aquí para cumplir mi promesa -dijo Renata, mientras pedía a uno de sus amigos que desatara una de las manos del Conde para colocar en ella dicha prenda.

Posterior a ello, encendió un cigarro de marihuana, dio tres buenas jaladas, luego ese mismo cigarro lo puso en la boca de su amigo para que él también fumara, se sentó frente a él empuñando en su mano un martillo enorme, y le preguntó:

-¿Dónde y hace cuánto tiempo perdiste tu famoso brazalete? -

-Alguien me lo arrebató hace muchos años -contestó el Conde, sumamente asustado, al ver que Renata sujetaba aquel martillo.

-Vamos bien, pero no es suficiente para mí. Necesito saber, quién y por qué te arrebató -dijo Renata, volviendo a fumar el cigarro de marihuana que había arrebatado de la boca de su amigo.

-Me lo robaron en una de mis peleas -respondió el Conde con firmeza, aunque empezaba a sudar frio ante tanto interrogatorio.

Aquella respuesta enfureció a Renata, cuyos recuerdos le daban una versión diferente de los hechos.

-Los niños grandes no deben mentir, pero no te preocupes que estoy aquí para ayudarte a recordar -gritó Renata furiosa, dejando caer todo el peso del martillo sobre el dedo pulgar de la mano izquierda del Conde, el cual explotó como una uva.

-¡Maldita puta! ¿Por qué hiciste eso? -exclamó el Conde, retorciéndose del dolor.

-Te dije que odio las mentiras, yo sé muy bien donde y cuando lo perdiste, si no me dices la verdad, voy a destrozar cada hueso de tu cuerpo hasta que me supliques que te mate -dijo Renata, dejando caer nuevamente el peso de dicho martillo en otro dedo, el cual también quedó completamente destruido.

-¡Es la verdad, esa es la única verdad! -Volvió a gritar el Conde, preparándose para lo peor.

-Mentiras, viles mentiras. Fui yo quien te arrebató esta basura, el día que me violaste y que asesinaste a mi familia. Si me dices quién te envió a cometer semejante barbarie, quizá te perdone la vida -concluyó Renata, dando oportunidad a su amigo de confesar.

Convencido de que su patrón iría a rescatarlo, y por la estúpida lealtad que tenía hacia él, el Conde hizo que su tortura se prolongara por cuatro interminables horas, tiempo en el que Renata recurrió a los métodos más bárbaros para atormentarlo, hasta que su amigo no soportó más dolor y terminó por confesar que el Camaleón estaba detrás de todo lo que había sucedido aquel fatídico día. Una vez que obtuvo lo que buscaba, la joven hizo que su antiguo camarada se arrodillara ante ella, besó su frente y descargó una bala en la misma marca roja que dejaron sus labios; pero antes de apretar el gatillo, en un segundo, Renata recordó todos los buenos momentos que pasó junto a él, al igual que aquel abrazo sincero que meses atrás había recibido de su parte. Con lo fría y despiadada que era, para que una lágrima rodara por su mejilla, era porque sin duda algo tocó su corazón.

Por tratarse de uno de los hombres de confianza del Camaleón, para lo que menos había tiempo en aquel momento, era para lamentaciones y sentimentalismos, razón por la cual Renata y sus amigos, sin ningún remordimiento arrojaron el cuerpo sin vida del Conde dentro de un pozo séptico ubicado a escasos pasos de la cabaña en la que se encontraban, en un lugar bastante apartado de la ciudad, cubriendo de ese modo cualquier evidencia que pudiera involucrarla, pues sabían que la atención del Camaleón estaba centrada en Sebastián, dejándola a ella libre de culpa, por lo que quisieron aprovechar dicha oportunidad para que se acercara al patrón, quien a su vez se convirtió en su nuevo objetivo; sin embargo, su obsesión por vengar la muerte de su familia, la llevaría a cometer una terrible imprudencia, la cual más tarde le costaría la vida.

El Camaleón por su parte, ignorando completamente que la persona que había enviado a cumplir una misión importante, acababa de ejecutar a uno de sus mejores hombres, ese mismo día, pidió a Renata que fuera a verlo para organizar el rescate del Conde, quien yacía sin vida dentro de un pozo séptico. Ella, que veía en dicha cita la oportunidad para poner fin de una vez a ese capítulo, accedió a ir sin poner objeción; para ello se armó como nunca, sacó de su arsenal escondido dos mágnum cuarenta y cinco, una la guardó debajo de su chaqueta y la otra la puso en su cartera; además llevó municiones extras, para estar preparada por si se presentaba cualquier imprevisto. Luego de un viaje corto, de treinta minutos aproximadamente, Renata estaba dentro de una de las fortalezas del Camaleón, recibiendo los primeros sermones de su jefe.

-Se supone que usted era la encargada de vigilar a Sebastián y a su combo, ¿Dónde carajos estaba metida que no informó de dicho ataque? -Fue lo primero que reclamó el Camaleón, en el instante en el que vio a Renata.

-Lo siento señor, Sebastián es muy astuto, seguramente cambió de plan a última hora, por eso no pude advertirlo; pero si usted me autoriza, yo misma le doy de baja y le traigo su cabeza -le respondió Retana.

-Por supuesto que quiero que me lo traigas, pero no muerto, sino vivo, para darme el gusto de descuartizarlo con mis propias manos -dijo el Camaleón, sumamente iracundo y estrellando contra la pared la copa de Martini que estaba bebiendo.

Como si fuera una cobra real dentro de un cesto de mimbre, que se vuelve idiota con el sonido mágico de una flauta, Renata valiéndose de sus encantos, logró apaciguar los ánimos caldeados de su patrón, obteniendo control absoluto cobre él. A medida que avanzaba el reloj, la charla entre los dos fue tomando otro rumbo, ahora era ella quien interrogaba a su jefe, lo hacía con la finalidad de corroborar, todo lo que le había dicho el Conde antes de morir. Era una tarde soleada de viernes, con un cielo diáfano que permitía contemplar a plenitud su azul infinito, en pocas palabras, era un buen día para enviar a alguien a un viaje sin pasaje de retorno, de eso Renata sabía mucho, pues fue un día como ese, que vio a su familia con vida por última vez.

«Siempre he pensado que si hay algo más hermoso, que todo lo hermoso que nos regaló el creador, es la mujer, porque su hermosura es capaz de encantar hasta a las piedras» Atraído como un ratón por el queso, el Camaleón lentamente fue cayendo en el juego de Renata, quien demostraba con ello ser experta en manejar situaciones como aquella. Cada caricia permitida era el premio por revelar un secreto de la organización, del cual la apropiación ilícita de tierras y el desalojo ilegal de las familias humildes que vivían en espacios vacíos, fue la respuesta que Renata esperaba oír de sus labios, para armarse de valor y llevar a cabo su plan. Antes de que las manos del Camaleón llegaran a acariciar la fascinante intimidad de Renata, ya había confesado todo lo que ella necesitaba saber, poniendo fin a aquel juego, del cual solo uno, vivió para contar.

En el momento en el que el reloj de pared, dio la campanada de las cuatro de la tarde, después de un beso que casi le provocó nauseas, de manera coqueta, Renata llevó su cabeza hacia atrás, acercó sus labios carnosos con sabor a fresa tropical a la oreja de quien iba a ser su víctima y con la tesitura de su voz que enloquecería a un sordo, susurró:

-Salude al Conde de mi parte cuando llegue al infierno, es mejor que pidan ayuda al diablo, porque ni allí se van a librar de mí-

Antes de que el Camaleón intentara reaccionar, Renata descargó sobre su cuerpo las nueve balas de la pistola que llevaba en su cartera, y como si ello no hubiera sido suficiente, para asegurarse de matar a alguien que ya murió con el primer disparo, sacó la pistola que guardaba debajo de su chaqueta y descargó nueve balas más en la humanidad del Camaleón, quien literalmente quedó relleno de plomo. El cuerpo del Conde que yacía dentro de un pozo séptico y las dieciocho balas que recibió el Camaleón, fueron las muestras del odio que sentía Renata por los cobardes que segaron la vida de su familia y que hicieron de ella una persona despiadada.

Luego de realizar el último disparo, una gran dosis de adrenalina se apoderó de su cuerpo, pues sabía que en cualquier momento el personal de seguridad llegaría en estampida para acribillarla por haber asesinado a su patrón. Con mucho sigilo y con una técnica impresionante, como cualquier experto en armas, recargó las pistolas preparándose para recibir a plomo al primero que cruzara por la puerta.

-Si he de morir, lo haré con gusto, pues ya conseguí lo que quería, pero antes me llevo conmigo a unos cuantos bastardos más -dijo, apuntando fijamente las pistolas hacia la puerta, sentada a lado del cadáver del Camaleón, en el mismo sillón en que lo ajustició.

Paradójicamente, como si estuviera pidiendo por algo bueno, por medio de una plegaria bien rezada, suplicó al cielo que la ayudara a salir del embrollo en el que se hallaba atrapada. Se encomendó con toda su suerte al santo de los sicarios, besó las pistolas, hizo con ellas una cruz en su frente y en su pecho y decidió dedicar a su santo las primeras balas y los primeros muertos. Sin embargo, sus ganas de continuar apretando el gatillo, tuvieron que ser postergadas, pues a pesar del estruendo que ocasionaron los disparos, nadie irrumpió en la habitación como ella pensó que pasaría. Todo continuaba en relativa calma, incluso el silencio en esa parte de la mansión se hizo más abrumador que cuando había llegado. Intrigada sin saber qué estaba ocurriendo en el resto de la casa, interrogándose sobre por qué nadie se había percatado de los disparos, se propuso a abandonar la habitación, dispuesta a enfrentarse con quien fuera.

A medida que pasaron los primeros minutos, los cuales por ser los más críticos, se convirtieron en una eternidad, la tensión en su interior fue disminuyendo paulatinamente. Aunque todo parecía muy tranquilo, ella sabía que el peligro estaba latente al cruzar la puerta de salida. Sin bajar la guardia y en posición de ataque, Renata salió de la alcoba del Camaleón, con rumbo a la puerta principal.

-¡Panterita, no sabía que usted andaba por esos lares! -Dijo uno de los guardias que la sorprendió a la salida.

-Vine a hablar un asunto importante con el patrón, pero ya me voy -respondió Renata, con serenidad.

-¡Oh! Ya entiendo porque el patrón nos
ordenó, que no interrumpiéramos -dijo el hombre
sonriendo y agregó: -pero por qué no se queda a
disfrutar de la fiesta-
-Me encantaría, pero las órdenes del patrón son
más importantes. Por cierto, lo dejé durmiendo
como un bebé, es mejor que no lo despierten,
pues ya saben cómo se pone cuando interrumpen
su siesta -concluyó Renata, mientras salía de la
mansión sin un solo rasguño.

El hecho de que hubiera salido sana y salva,
no se debió a una intervención divina como lo
afirmaría después, sino a una racha de buena
suerte, la cual había comenzado el día anterior
con la captura del Conde. Debido al blindaje de la
habitación que parecía bóveda de banco, el sonido
de los disparos no se propagó al resto de la casa y
para completar los escoltas estaban entretenidos en
la fiesta, disfrutando de la música y de las putitas
que el mismo Camaleón había contratado para
celebrar que habían coronado otro viaje, por ello
también fue que no supieron de su muerte si no
hasta dos días más tarde, cuando una llamada puso
fin a la fiesta y ordenó que revisaran los videos
de seguridad. Entre tanto Renata y Sebastián,
atrincherados en uno de sus escondites, festejaban
por lo alto la muerte de su enemigo.

«La traición debe ser pagada en el paredón»
Dijo el Camaleón, ordenado buscar a Renata y
a Sebastián hasta debajo de las piedras si fuera
preciso. En efecto, aquel pillo seguía más vivo

que nunca, pues el hombre que pereció a manos de Renata, no era más que uno de sus tantos dobles. Para ocultar su verdadera identidad, él había dispuesto de un doble para cada miembro subalterno de la organización, de manera que todos tenían una imagen distinta de su verdadero jefe, razón por la cual logró pasar desapercibido durante muchos años. Sin embargo las cosas empezaban a complicarse para el maestro del camuflaje, ya que no solo tenía que lidiar con Renata y con Sebastián, sino además con las autoridades que estaban a punto de hacer un hallazgo sin precedentes, y para colmo, sus antiguos colegas del norte planeaban hacerle una visita inesperada, con el fin de corresponder la cordialidad con la que él había tratado a sus mensajeros.

XIV

«Si la vida nos da segundas oportunidades es
para que las aprovechemos al instante y no cuando
sea demasiado tarde» Después de permanecer quince
días aislados del mundo exterior, completamente
convencidos de que todo había terminado, una
mañana Renata y Sebastián empacaron dentro de
una pequeña maleta lo poco que poseían; junto a sus
cosas guardaron también sus ilusiones, sus deseos
de empezar una nueva vida, su amor inquebrantable,
pero sobre todo sus inmensas ganas de vivir, y
acordaron encontrarse en la terminal de autobuses
una hora después del mediodía para emprender el
viaje que escribiría un nuevo capítulo en sus vidas.
La razón por la que no salieron juntos de casa, no fue
por evadir a sus enemigos, sino para que Sebastián
cumpliera con una cita importante que estaba
pautada para un mes atrás y que fue aplazada por su
cobardía y por su egoísmo.

Movido por su conciencia, o quizá porque ya
presentía que se acercaba su fin, luego de tantos
años de olvido, Sebastián de repente sintió la

necesidad y la urgencia de encontrar a su padre para hablar con él y para saber qué era de su vida. Mientras Renata dedicó su tiempo en vigilar al Conde, Sebastián se dio a la tarea de buscar a su padre y en su búsqueda se relacionó con Mario el sepulturero, íntimo amigo de Joaquín, pues lo había visto en una ocasión hablando con su progenitor, a quien no se acercó por falta de valor y por temor de ser rechazado o reprendido por sus años de olvido y de abandono. Sebastián encontró en Mario el intermediario perfecto para un acercamiento entre él y su padre; la respuesta si él aceptaba verlo, debía ser colocada en uno de los árboles que adornaban la entrada principal del cementerio, por medio de una señal que ambos habían acordado.

Después de treinta días de espera e incertidumbre, finalmente esa mañana, Sebastián decidió hacer a un lado sus temores e ir a ver con sus propios ojos qué respuesta había dado su padre. A pocos pasos de llegar al camposanto, su corazón no resistió más y se quebró en mil pedazos e instantáneamente sus ojos se aguaron, pues no solo había uno, sino veintinueve listones rojos esparcidos por todo el árbol, como un sí, por parte de su padre.

-¡Hermano! ¿Dónde andaba? Si ve ese árbol rojo, esa es la respuesta de su padre, quien desde el mismo día que supo que usted vendría a verlo, colocó el primer listón, el resto es por los días que lo ha hecho esperar -dijo Mario a Sebastián.

-Lo sé, soy un completo idiota, por eso estoy aquí para pedirle perdón -respondió Sebastián, ahogado en llanto.

-Su padre va a alegrarse de verlo, si desea hablar con él, vaya a la tumba de su madre, ahí, de seguro lo va a encontrar -finalizó Mario, tratando de alentarlo con una palmadita en la espalda.

Efectivamente, allí estaba Joaquín, en el mismo lugar de siempre, en medio de muchos cachivaches, recostado sobre la tumba de su esposa, con su figura escuálida y ósea dentro de unas ropas ajadas y pestilentes, con su piel marchita y percudida por el abandono y por la soledad. Allí estaba el hombre que le dio la vida, con su cabellera plateada reflejando los primeros rayos de luz de la mañana, con otro listón rojo enredado en su mano derecha, que sin duda habría colocado ese día en el árbol como un sí para su hijo, si la muerte no lo hubiera sorprendido la noche anterior.

Los primeros pasos fueron los más dolorosos y pesados, con cada centímetro que se acercaba, se intensificaba la tempestad en sus ojos.

-Si pudiera regresar el tiempo -decía Sebastián, avergonzado y arrepentido. Porque frente a él y ante sus ojos estaba los estragos de su egoísmo.

-Viejo perdóname -dijo, envuelto en lágrimas, dejándose caer lentamente sobre él para abrazarlo.

Sin embargo, lo único que encontró fue un cuerpo inmóvil, cubierto por un frio glacial, que no reaccionaba ante su presencia, sus palabras, ni sus movimientos. En ese momento, la conciencia incineró su interior, porque al igual que a su madre, a su procreador también le había negado el último abrazo que tanto deseaba recibir antes de partir hacia la eternidad. El perdón que esperaba recibir de su padre, se quedó en cada uno de los listones que él había colocado en aquel árbol que nunca más envejeció.

Cinco minutos después de que Sebastián ingresó al cementerio, la paz y la tranquilidad de aquel lugar, de pronto fueron interrumpidas abruptamente por un estruendo de cañón que retumbó en cada rincón, perturbando el descanso eterno de los muertos. Mario y el resto de los trabajadores, corrieron de inmediato al sitio de donde provenía el disparo y cuando llegaron a él, encontraron a Sebastián abrazado a su padre con un tiro en la cabeza. El individuo que acababa de ejecutarlo, corría despavorido profanando la privacidad de algunas tumbas, hasta que sobrepasó el muro y se perdió en la muchedumbre. Se trataba de uno de los hombres del Camaleón, quien lo estaba siguiendo desde que salió de su casa. Minutos antes, otro maleante había hecho exactamente lo mismo con Renata, asesinándola sin importar que una nueva vida estuviera formándose en su vientre. Ella guardó la noticia de su embarazo para dársela a Sebastián cuando estuvieran dentro del autobús con rumbo a otra ciudad. Las tres últimas noches, Sebastián soñó que viajaba a un lugar desconocido, pero a la vez hermoso, el cual no se comparaba a ningún sitio de la tierra. Sin imaginar que el viaje que estaba a punto de realizar, no iba a hacerlo con Renata, sino con su padre, aquella mañana llegó puntual a su cita con la muerte y las dos horas que pensó que tomaría su visita, fueron solo el inicio de su estadía en la necrópolis.

«Muerto el perro, muerta la rabia» Suelen decir popularmente, refiriéndose a que la solución de los problemas está en su origen. En comparación con lo que estaba por avecinarse, en realidad Renata y Sebastián no representaban un problema mayúsculo para el Camaleón, aun así, a él no le tembló la mano para acabar con ellos. Sin embargo su celebración no iba a durarle mucho, porque meses más tarde, un grupo de hombres vestidos de mariachis le hizo una visita inesperada, y no precisamente para llevarle serenata.

-Ese cabrón se atrevió a desafiarnos, es hora de darle en su madre -dijo Pepe Cárdenas, ordenando a sus hombres invadir una de las residencias del Camaleón, y barrer con cuanto individuo encontraran a su paso.

A sus treinta años de edad, Pepe Cárdenas ya era el líder de una de las organizaciones criminales más poderosas de México; era conocido como el hombre de las mil caras y de los mis apellidos, por su habilidad para evadir a la justicia. Seis años atrás había hecho una alianza con el Camaleón para expandir sus negocios, todo marchaba bien, hasta que surgió una discordia por controlar algunas de las rutas, lo cual puso fin a dicha sociedad y a la "amistad" que había entre ellos; una amistad de papel y por conveniencia, que suele darse en esa clase de negocios, cuyos líderes desconfían hasta de la madre que los parió. En resumidas cuentas, quizá los mariachis no lograron dar con el Camaleón, pero sí debilitaron aún más su organización, pues debido a las bajas considerables que sufrió, su colapso se hacía cada vez más evidente. Para entonces, las autoridades, gracias al trabajo de inteligencia realizado por los agentes, pudieron descubrir y destruir varios laboratorios que eran utilizados para el procesamiento de estupefacientes, además desmantelaron las rutas por las que los enviaban y pusieron tras las rejas a decenas de criminales vinculados con el Camaleón, entre ellos a altos funcionarios del gobierno, quienes más tarde colaboraron con las autoridades para identificar a su patrón.

Uno de los agentes que ayudó con la investigación, e hizo un descubrimiento que dejó sin aliento a más de uno, fue el agente Escalada, quien antes de que fuera descubierto y terminara en el estómago de algunos caimanes, pudo recopilar pruebas suficientes para relacionar nada más y nada menos, que al flamante alcalde de la ciudad como el líder principal de dicha organización delictiva, confirmando de esa manera, que Miguel Ángel y el Camaleón, eran la misma persona y aquel criminal a quien llevaban años buscando. Parte de dichas pruebas, era un número determinado de cajas que estaban dentro de la guarida del Conde, y que fueron confiscadas por la policía el mismo día en el que fue arremetido por Sebastián. Dentro de aquellas cajas, los oficiales encontraron miles de papeletas electorales a favor de Miguel Ángel, confirmando con ello la denuncia de fraude que había formulado en repetidas ocasiones su contrincante, Juan Emilio Vaqueiro. Encontraron también, títulos falsos de propiedad, activos bancarios y un sinnúmero de documentos fraudulentos de todos sus negocios ilícitos firmados por el mismo Miguel Ángel. Gracias a la ineptitud y a la holgazanería del Conde, quien hizo caso omiso a la orden que le dio Miguel Ángel de incinerar dicha evidencia, los agentes tenían razones más que suficientes para encarcelar a su ilustre alcalde, pero antes, había que encontrarlo.

«El que tenga rabo de paja, que no se acerque a la candela» Oí decir alguna vez a un viejo amigo, ahora que narro esta parte de la historia, casi veinte años después, lo recuerdo, pues si había alguien que se identificara plenamente con esa frase era Miguel Ángel. Al igual que todo cobarde que se siente poderoso cuando está protegido y cuando tiene la balanza inclinada a su favor, pero que cuando está solo, su supuesta valentía no le da más que para huir como una sucia rata, el hombre que se creía intocable y que podía decidir por el destino de los demás, en ese momento, no era más que un gusarapo escapando de sus propias culpas y escondiéndose para no ser juzgado por las atrocidades que había cometido. Quien hasta hace unos días era el personaje más respetado, de un día para el otro pasó a ser el delincuente más buscado. Como era de esperarse, la presión de los medios de comunicación y de la sociedad en general, recayó sobre Sara, a quien acusaban de ser cómplice de las porquerías cometidas por su padre; sin embargo, para ella, su honor y su inocencia eran más importantes que una relación genética mal heredada, así que estaba dispuesta a probar lo contrario aunque, tuviera que hacer lo mismo que había hecho Judas. Irónicamente, el escándalo que puso la reputación de la familia Escudero por el piso y en boca de todos, no lo provocó Montse por haberse enamorado de un negro, ni mucho menos Sara con sus obras de beneficencia, sino los hipócritas que hacían alarde de su decencia, de su moral, de su honestidad y de su honorabilidad, Laura y Miguel Ángel, fueron el ejemplo de que la inmundicia también corrompe a la supuesta clase noble.

Mientras que los agentes intensificaban su búsqueda para dar con el paradero de Miguel Ángel, alias el Camaleón, Laura se preparaba para comparecer ante el jurado por los delitos que se la imputaban. Las únicas personas que la acompañaron durante ese día fueron su abogado y dos individuos completamente desconocidos, quienes de repente resultaron ser sus íntimos

amigos; sin embargo, ni la fama, ni el renombre
de su defensor, ni el testimonio de los testigos
comprados, pudieron con las pruebas que tenía en
su poder la fiscalía, ni con la declaración de una
persona cercana a ella, testimonio que influyó en
que el jurado no dudara en declararla culpable y en
sentenciarla a pasar el resto de su vida en prisión.

-Madre perdóname, sabes que te amo, pero has
hecho daño a muchas personas inocentes. Si callo,
quedaría como cómplice de todas tus barbaries
-pensó Sara, antes de subir al estrado a testificar
contra su madre, justo cuando estaba a punto de
quedar absuelta de cargos, gracias a las trampas
hechas por su abogado y por su esposo antes de
que este emprendiera la huida.

El veredicto de la corte que falló a favor de las
víctimas, fue la prueba de que tanto Laura como
Miguel Ángel estaban acabados. Sus influencias,
o los supuestos amigos, que antes habrían hecho
hasta lo imposible para ayudarlos a salir del enredo
en el que se encontraban, ahora simplemente les
daban la espalda, mostrando que no hay favor sin
interés y que su amistad dependía únicamente del
cheque que semana tras semana era depositado
en sus cuentas. Con gran parte de su patrimonio
confiscado, con sus reservas monetarias retenidas
o congeladas y sin recursos para seguir comprando
conciencias, el panorama no pintaba nada bien
para aquella pareja que no midió las consecuencias
de sus actos y que terminó siendo víctima de su
ambición.

La sentencia a cadena perpetua recibida por Laura, no se comparaba en nada al dolor irremediable por el que pasaron varias niñas inocentes, quienes confiaron en ella. Quizá dicha sentencia no remediaría todo ese dolor, pero quedaba la certeza de que aquella señora, nunca más lastimaría a alguien. En la prisión, iba a tener todo el tiempo del mundo para arrepentirse por el daño que había causado. El que Sara hubiera testificado en contra de su madre, no se debía a odio, ni mucho menos a que buscara una venganza, simplemente para ella, la injusticia era lo más aborrecible, así que pensaba que Laura debía ser reprendida con todo el rigor de la ley, aunque ello implicara tratar de castigar a la madre que la parió. Al principio Laura aborreció la decisión de su hija, sin embargo comprendió que ella estaba en lo correcto, por lo tanto, no solo terminó aceptándola, sino que además hasta le agradeció el que hubiera declarado en su contra.

-Gracias por lo que acabas de hacer, hoy me has dado la lección más importante de mi vida. Solo espero que Dios pueda perdonarme algún día, por favor no digas que eres mi hija, no merezco ser tu madre -dijo Laura arrepentida y empapada en llanto, abrazando fuertemente a Sara, después de que el juez diera a conocer su sentencia.

La bruja mala del cuento, la falsa hada madrina, quien había transformado en pesadilla el sueño de decenas de niñas inocentes, finalmente fue despojada de sus poderes y condenada de por vida al claustro de una celda. La distinguida dama de hierro, quien se creía poderosa e intocable, ahora no era más que un cervatillo indefenso, apaleado por el desprecio y por el repudio de aquellos que la admiraban y que la respetaban. Quizá su arrepentimiento no iba a reparar el daño ocasionado, pero ella sabía que podía ayudar para que el juez celestial fuera benévolo en el juicio final. Por la actitud que Laura mostró aquel día, parecía comprender que su castigo era más que merecido y terminó aceptándolo sin objeción alguna. Antes de abandonar la sala y de dirigirse al lugar que sería su última morada, pidió perdón a todos por el terrible daño que provocó su ambición, abrazó fuertemente a Sara y se marchó llevándose impregnada en su piel el último abrazo que recibió de su hija. A partir de ese día, los medios sociales no volvieron a hablar más de la señora Escudero, sino hasta tres años después, cuando publicaron la noticia de su deceso.

Quien no tomó con beneplácito, ni quedó satisfecho ante la decisión del juez, pero sobre todo con el accionar de Sara, fue Miguel Ángel, quien la tildó de traidora por haber testificado en contra de Laura. Escondido en el lugar al que irónicamente se había opuesto de manera tajante, en su construcción cuando era alcalde, como si se tratase de un enemigo potencial, ordenó, a uno de los pocos lacayos que aún lo acompañaban, asesinar a su propia hija. Solo una persona con la mente retorcida y perversa como la de él, podía tomar tales decisiones. Sin embargo para fortuna de Sara, pudo más el amor, que el instinto asesino del hombre que fue encargado de llevar a cabo dicho acto cobarde.

Luego de algunos días del juicio de Laura, sin imaginarse que la muerte estaba siguiendo sus pasos, antes de ir a la fundación en la que prestaba sus servicios y que a la vez era su centro principal de operaciones, Sara decidió desviarse de su trayecto para ver cómo avanzaba la construcción del edificio, que sería su último centro comunitario. Satisfecha porque todo marchaba de acuerdo al cronograma establecido, se dirigió a recorrer cada uno de los pisos de dicho inmueble; mientras lo hacía, diseñaba en su mente el acabado de los interiores y al mismo tiempo pensaba en cuál sería la función para cada una de las cuarenta habitaciones, distribuidas en cada uno de los cinco pisos que conformaban dicha construcción. Una vez saciada sus ganas de saber que muy pronto, más personas necesitadas podrían hacer uso de esas instalaciones, procedió a marcharse, pero poco antes de abandonar el segundo piso, el ruido inconfundible de un gatillo y la rigidez del acero frio pegado en la parte posterior de su cabeza, la obligaron a frenar en seco, haciendo que su jovialidad se esfumara, dando paso a un miedo absoluto que le puso la piel de gallina.

-Solo los cobardes atacan por la espalda y más aun a una mujer indefensa. Que yo sepa no tengo enemigos, pero si he de morir quisiera llevarme a la tumba la imagen de mi asesino -dijo Sara, tratando de controlar el temblor que sentía en sus rodillas.

-Si no cumplo esta orden, a quien van a matar es a mí -respondió su verdugo.

-Entonces su patrón es más cobarde que usted, seguramente no debe tener suficientes cojones, pues tiene que valerse de sus peones para que resuelvan sus problemas -volvió a hablar Sara.

-Si tengo que pagar con mi vida por incumplir esta orden, no me importa, pero no acabaré con la vida de la mujer que más amo en este mundo -concluyó el hombre, bajando el arma y permitiendo que Sara se volteara para verlo.

En cuanto Sara volvió su mirada hacia atrás y reconoció al hombre que por poco acaba con su vida, un aire helado invadió su cuerpo y sus lágrimas entristecieron esa carita hermosa que hacía unos minutos brillaba de felicidad; pues simplemente no podía concebir que su propio padre, hubiera querido asesinarla. Se trataba de Rodrigo, el fiel chofer de la familia y uno de los hombres de más confianza de Miguel Ángel, aparte de Luciana, él era uno de los buenos amigos de Sara. Tal y como suele suceder en los cuentos de hadas en los cuales la servidumbre termina enamorándose de la reina o del príncipe, así mismo Rodrigo se había enamorado perdidamente de Sara y gracias a ese amor que jugó a su favor, ella vivió para contarlo. Para no levantar ninguna sospecha, Rodrigo descargó contra la pared la bala que estaba destinada para Sara y luego tomó de su mano el pendiente que sus padres le habían regalado el día que llegó de Europa, para llevarlo a Miguel Ángel como evidencia de que su orden había sido cumplida.

Posterior a eso, no pasaron ni veinte minutos cuando un escuadrón de las fuerzas especiales de la policía, precedidos por el agente Miranda, acordonó cada rincón de aquel edificio, lugar que casualmente omitieron registrar. La intensa balacera de fuego cruzado que duró varios minutos, dejó como saldo varias bajas, tanto por parte de los agentes como del Camaleón, incluyendo a Rodrigo, quien prefirió morir defendiendo a su patrón que escapar como se lo propuso Sara. Después de años de búsqueda, finalmente las autoridades lograron doblegar al Camaleón y pese a las múltiples heridas, los agentes lo capturaron con vida. Veinte días más tarde, una vez restablecido y fuera de peligro, fue extraditado a una cárcel en los Estados Unidos, en la que permanecería por el resto de su vida. Lo que Miguel Ángel nunca supo, fue que su hija Sara quedó con vida y que gracias a la complicidad de Rodrigo, fue ella quien alertó a las autoridades de que su padre estaba escondido en el sótano de aquella construcción. Para hacer aún mejor su estadía en tierra sajona, ocho meses después, su antiguo socio y actual enemigo Pepe Cárdenas, también fue extraditado y recluido en la misma prisión. Debido a las cuentas pendientes que tenían ambos, cada uno hizo un infierno de la vida del otro. A partir de ese día, los únicos que extrañaron a Miguel Ángel, fueron los fieles amantes adictos al aroma narcótico de sus famosas orquídeas. Quienes se vieron obligados a hacer un receso en su adicción, pues el encargado de que dicho aroma llegara a sus narices, había sido puesto en prisión, acabando de esa manera con años de tiranía e impunidad.

La fachada de una reputación intachable, que por años cubrió a los esposos Escudero, se vino abajo con el arresto de los dos, dejando ver que hasta las mejores familias, tienen cola que les pisen. Mientras que Laura y Miguel Ángel, pagaban cada uno de sus pecados en prisión, la vida continuaba su rumbo. Por su parte Sara, entregada cien por ciento a sus obras sociales, siguió ayudando a las personas que lo necesitaban. Su esposo Juan Emilio, se convirtió en uno de los políticos más respetados y honestos del país. Al culminar su periodo como alcalde de la ciudad, pensaba seriamente postular su candidatura para la presidencia en las siguientes elecciones. Montse y Tito Benavides, hicieron del mundo su paraíso personal, concibieron hijos y fueron felices por el resto de sus vidas. El agente Cristian Miranda y todo su equipo de trabajo, fueron condecorados con los más altos galardones por haber puesto tras las rejas a varios criminales. De igual manera, los oficiales caídos en el cumplimiento de su deber, entre ellos el agente Escalada, pasaron a formar parte del mural de los inmortales, convirtiéndose en un orgullo para la institución. Las niñas que fueron víctimas de Laura, fueron insertadas a la sociedad como personas de bien; quien aún continúa clavando su ponzoña en el alma de sus amantes y haciendo de sus vidas una completa basura, es la hermosa y encantadora, pero maliciosa Consuelo Flores. Si hubiese una ley que condenara a aquellos que se atreven a jugar con el amor, seguro Consuelo Flores no tendría perdón.

XV

El viaje que Laura aseguró que sería el primer paso para conquistar el mundo, no fue más que una cruel y vil venganza disfrazada de fantasías, que tramó para convencer a Consuelo de abordar el avión. Las portadas de revistas, las pasarelas y las notas publicitarias de las que esperaba ser parte, se quedaron en su imaginación, pues lo único que encontró fue su manilla, un cuarto repugnante de dos por dos con un colchón y un hambre voraz de cientos de cerdos asquerosos enfermos, que pagaban lo que fuera con tal de satisfacer sus bajos instintos, incitando que personas como Laura, continuaran con el sucio negocio de la trata de blancas, por ser uno de los más lucrativos. Ni las pesadillas más terribles se asemejaban en algo al infierno que tuvo que soportar los dos meses que pasó en cautiverio. Antes de que fuera rescatada y devuelta a su país, al igual que las demás niñas, Consuelo fue víctima de abusos físicos y emocionales, no solo por parte de los cerdos que pagaban para disfrutar de sus encantos, sino también de los bastardos que cobraban y negociaban con la dignidad ajena.

«La ambición por obtener las cosas sin esfuerzo alguno, a veces lleva a tomar caminos equivocados» La niña dulce y tierna, la que era orgullo de sus padres, la que se ganó la admiración de todos por su corazón noble y transparente, la que de no ser por su maldita ambición hubiera podido conquistar al mundo, pero de manera correcta, se convirtió en una mujer malévola, sin alma y sin sentimientos, con un corazón petrificado que bombeaba odio a sus venas. Valiéndose de su hermosura y de sus encantos, siguió disfrutando del dolor y del sufrimiento de aquellos que solo querían amarla. Aparte de su belleza, de su poder para seducir y de su increíble talento para satisfacer los deseos de la carne, para entonces la viuda negra contaba con un veneno letal alojado en su torrente sanguíneo, el mismo que fue transmitido por uno de los cerdos que se acostó con ella cuando estaba en cautiverio. Para justificar de algún modo sus errores, como una manera de vengarse de algo en lo que la convirtió su propia ambición, Consuelo, transmitía un poco de ese veneno a cada uno de sus amantes, dejando una huella mortal e indeleble de su malévolo amor. Otro que sufrió las consecuencias de ese amor, fue César Augusto padre, a quien su obsesión por dar con la mujer que acabó con la vida de su hijo y por hacerle pagar por su sufrimiento, lo llevó directamente a las garras de Consuelo Flores, ella sin ningún pudor y sin el más mínimo reparo, lo metió en su lecho, lo volvió loco de amor, y le mostró que el cielo no estaba fuera de este mundo, sino en su piel y en sus besos. De la misma manera que acostumbraba hacer con todos sus amantes, a la mañana siguiente lo despidió con un beso apasionado y dejó que se largara a morir tal y como murió su hijo, de amor y sin la más remota esperanza de volver a verla.

La venganza de Consuelo no podría estar completa, si la causante de todas sus desgracias no tenía un poco de ese veneno corriendo por sus venas. Laura esperaba la visita de todos, menos de su amor imposible, sin embargo la presencia de Consuelo en la prisión, no era para realizar una visita conyugal, sino para ajustar cuentas. Antes de que Laura mencionara una sola palabra, Consuelo se acercó a ella y le clavó en su brazo una pequeña aguja hipodérmica repleta con su sangre, que de algún modo había logrado introducir sin ser detectada.

-Ahí te dejo un pequeño suvenir de mi viaje -murmuró en el oído de Laura, y desapareció para siempre de aquel lugar.

El amor para Consuelo Flores se convirtió en su mayor diversión, en su manera simple de cumplir con todos sus caprichos y en el método infalible para saciar su estúpida sed de venganza. Así tuviera que hacerlo con alguien que lo único que pretendía era entregar todo de él y amarla con el

alma, como sucedió con otro de sus amantes ilusos
que cayó en sus redes.

-Hoy comprobé que las mujeres sin son ángeles
bajados del edén -dijo cierto caballero a su amigo,
una tarde de noviembre cuando la vida lo puso
frente a frente con Consuelo Flores.

-No te fíes de esos ángeles, porque también las
víboras suelen tomar forma de mujer -respondió su
amigo, sin mala intención.

Aunque más tarde resultó ser un triste vaticinio
o un presagio, su amigo había dicho aquellas
palabras por simple lógica, pues si existe el bien,
es lógico que también exista el mal, y si existen los
ángeles, seguramente deben existir los demonios.

Días antes aquel caballero y su amigo, habían
llegado a la ciudad por asuntos de trabajo. Por
cosas del destino, la vida puso en su camino nada
más y nada menos que a Consuelo Flores, como
regalo de bienvenida. Esa tarde de noviembre
aquel caballero, se enamoró perdidamente de la
belleza de esa rosa, sin fijarse en sus espinas, y
cuando se dio cuenta, ya las tenía atravesadas en el
corazón. Si había una mujer que sabía cómo usar
sus atributos y cómo sacar provecho de ellos, esa
era Consuelo Flores. Bastó una mirada suya, para
que aquel iluso empezara a flotar en un mundo de
fantasías, cuando se enfrentó a la realidad, no había
una red que detuviera su aparatosa caída. A pesar
de que ese día no hubo un dialogo directo, sino
solo un cruce de miradas, ajeno a la reputación

de quien pensó que era su alma gemela, sin saber nada de ella y sin conocerla, se convenció de que por fin había encontrado algo, que llevaba buscando todos los años que tenía de existencia, la mujer de su vida.

-Puta soledad es hora de que te largues al carajo, porque ya encontré quien ocupe tu lugar -se dijo a sí mismo, cuando el tren del amor hizo una parada sorpresiva y tocó su puerta para entregarle la felicidad que por años le había sido esquiva.

Desde ese encuentro casual que lo dejó como un idiota, no volvió a ser el mismo nunca más, pasaron quince días para que los encantos de Consuelo terminaran de hechizarlo por completo. Para ella que no tenía nada que arriesgar, porque al fin y al cabo solo era uno más en su interminable lista de amantes, y para él, quien creyó haber ganado el cielo con ella, pues sin siquiera saber su nombre ya sentía que la amaba, tanto, que se atrevió a verla en su futuro como la dueña de su vida y como la madre de sus hijos; aunque con sentimientos e intenciones distintas, el amor entre los dos fluía con la facilidad, con la que corre el agua en un río. Independientemente de las razones que llevaron a Consuelo a fijarse en dicho caballero, nunca pensó que podía haber alguien tan parecido a ella, cuya incompatibilidad fuera únicamente la edad y un par de pulgadas en la estatura. Sería por eso y por todas las cosas que hizo por ella, que muy adentro de su corazón se sintió verdaderamente amada por primera vez;

por cualquiera que hubiese sido el motivo, los
buenos sentimientos y el verdadero amor nunca
fueron suficientes para ella, así que aquel amante
enamorado, también sufrió las consecuencias que
conllevaba amar a Consuelo Flores, solo que esa
vez, vivió para contarlo.

EPÍLOGO

Aránzazu, noviembre de 2009. Lágrimas, dolor y un corazón herido de gravedad, fue el resultado por haber creído en las mentiras sinceras de un amor de esquina, que solo buscó divertirse. Los pocos rayos de luz que iluminaron la penumbra de una habitación que parecía un tempano de hielo y las campanadas de un viejo reloj de pared, fueron lo que dio inicio a un nuevo amanecer; con ese ya eran treinta los amaneceres en los que los ojos de aquel hombre no paraban de llorar, ni su corazón de sangrar. Sin nada, ni nadie que lo ayudara a salir del abismo en el que estaba cayendo, la soledad aprovechándose de que el amor de la persona que eligió para ocupar su espacio, había tenido fecha de expiración, volvió a tomar el lugar que le correspondía, acrecentando aún más el sufrimiento de aquel moribundo, pues la única persona que podía poner fin a esa agonía, seguramente estaba feliz dando el beso de despedida a otro de sus amantes. Al hombre que hasta hacía pocos días Consuelo había transportado a un universo de fantasías, haciéndolo sentir importante y el más afortunado de este mundo por tenerla a su lado, ese mismo amor lo arrojó sin piedad al fondo de un precipicio, en el cual cada día se hundía más y más aplastado por el peso de sus ilusiones rotas, todo por entregarse de lleno a alguien que nunca fue para él.

Al igual que una dosis de cocaína, que da alas y que lleva a conocer paraísos desconocidos a todos los fieles amantes a su amor, que a pesar de ser blanco como la nieve, es mortal y destructivo porque una vez terminado su efecto los lanza al vacío en cada libre, así mismo, el amor de Consuelo Flores era de todos y a la vez de nadie; eso lo supo una noche cuando ella no llegó a la cita, que para aquel iluso enamorado era la más importante de su vida.

«Nada es suficiente cuando se trata de complacer a la persona que se ama» Sin imaginarse que el beso y el abrazo que había recibido de Consuelo el día anterior, había sido un adiós definitivo y no un hasta luego como él pensaba, para sorprender nuevamente al amor de su vida, de la manera que solo él sabía hacerlo, esa noche se preparó como nunca para recibir a Consuelo Flores. Vistió el mejor de sus trajes, sacó de su colección de vinos la botella con la mejor cosecha, preparó una de sus mejores recetas, puso la mesa para dos, para animar la velada colocó en el tocadiscos el último álbum de Richard Clayderman, media hora antes de la

programada, cubrió con pétalos de rosas el piso
de todo el departamento y una parte del corredor,
y la luz tenue de algunas velas dio el toque
romántico. Cada detalle que hizo se aseguró de
hacerlo perfecto, para que fuera acorde con la
ocasión, porque aquel encuentro no se trataba
de una cita más, esa noche él estaba decidido a
pedir a Consuelo que fuera su mujer de una vez
y para siempre, pero tal y como establecen las
leyes tanto terrenales como divinas, si todo salía
acorde con lo previsto, también. estaba dispuesto
a jugarse la última carta para tener en sus brazos
por primera vez la fascinante belleza desnuda
de su alma gemela. A medida que los minutos
iban muriendo y que las manecillas del reloj
sobrepasaban las nueve de la noche, es decir treinta
minutos más de la hora acordada entre ellos, la
angustia, la desesperación y la ansiedad empezaron
a consumirlo y su espera se hizo eterna, ya que
Consuelo Flores jamás llegó a la cita.

Ignorando que ella también tenía preparada
una sorpresa para él, luego de pasar la noche en
vela y dando vueltas por todo el departamento,
sumamente preocupado y temiendo que hubiera
pasado algo al amor de su vida, salió desesperado
a buscarla, pero lo único que consiguió fue que la
rosa de la que se había enamorado perdidamente,
le clavara en el corazón sus espinas venenosas,
lo cual desgarró de un solo tajo el alma y todo su
interior, creando un enorme vacío entre su espalda
y su pecho, como si le hubieran atravesado una

bala de cañón en el cuerpo. Mientras a ese pobre imbécil se lo llevaba el diablo, Consuelo pasaba frente a él muerta de risa, haciendo alarde del fortachón de ojos azules que llevaba a su lado. A pesar de que dos días antes le había jurado amor eterno y le había dicho que no habría vida después de él, pasó por su lado como si para ella fuera un completo extraño, alguien a quien nunca hubiera conocido.

Allí iba Consuelo Flores, con su risa coqueta y con su hermosa cabellera azabache que brillaba cual si fuera espejo en el desierto. Sus ojos vieron por última vez a la mujer de su vida que poco a poco se iba perdiendo entre la muchedumbre, caminando al ritmo de su corazón destrozado, sacando a relucir su exuberante figura con unas curvas perfectamente esculpidas por el artista celestial, curvas que él, jamás llegó a descubrir. Allí iba la que decía ser su alma gemela, a continuar con su vida miserable y vagabunda, porque para ella la verdadera felicidad era el dinero y su estúpida venganza, mas no un amor sincero y verdadero. A sabiendas de que el amor ya lo había golpeado en varias ocasiones, al dejarse llevar por el corazón y no por la razón, volvió a enamorarse perdidamente de alguien indebido, pero esa vez el daño fue irreparable.

Aferrándose a la última gota de esperanza que le quedaba, pese al intenso dolor que le causó Consuelo, regresó al departamento a seguir esperándola. Pasaron los días, la cena se echó a perder, el tocadiscos nunca tocó su canción favorita, el vino continuó añejándose, su traje empezó a descolorirse por la tempestad que emanaba de sus ojos, los pétalos se marchitaron con la misma rapidez con la que se marchitaba su vida, y finalmente la luz de las velas se extinguió dejando su mundo en tinieblas para que él pudiera hablar a solas con su soledad. A partir de ese día, tuvieron que pasar tres otoños y un invierno para que pudiera sobreponerse del dolor que le provocó amar a Consuelo Flores. Aunque sus heridas aún no han sanado por completo, podría decirse que volvió a nacer y que es un hombre completamente renovado. Gracias al cielo y a ese amigo que siempre estuvo en las buenas y en las malas, aquel hombre sobrevivió a los encantos malévolos de Consuelo Flores, y aquel hombre, es quien termina de narrar esta historia.

«Solo aquellos que han amado con el alma y que han entregado todo de sí a alguien equivocado o a alguien que no lo merecía, estarán de acuerdo con que el amor es el camino más corto hacia el dolor»

New York. Octubre, 2013